KB113886

오리의 약과

요리의 악마 5

가프 현대 판타지 장편소설

초판 1쇄 찍은 날 § 2022년 8월 24일
초판 1쇄 펴낸 날 § 2022년 8월 31일
지은이 § 가프
펴낸이 § 서경석

총괄팀장 § 황창선
편집책임 § 양준
디자인 § 스튜디오 이너스

펴낸곳 § 도서출판 청어람
등록번호 § 제387-1999-000006호
등록일자 § 1999. 5. 31
어람번호 § 제1-3191호

본사 § 경기도 부천시 부일로 483번길 40 서경B/D 3F (우) 14640
편집부 § 서울특별시 구로구 디지털로 272 한신IT타워 404호 (우) 08389
전화 § 02-6956-0531 팩스 § 02-6956-0532
http://www.chungeoram.com
E-mail § chungeorambook@daum.net

ISBN 979-11-04-92455-2 04810
ISBN 979-11-04-92433-0 (세트)

요리의 악맛

5

도서출판 청어람

MODERN FANTASTIC STORY

목차

제1장
—
새 역사를 쓰다

빠아앙.

기차가 멀어졌다. 관광객들이 기차 꽁무니를 쫓아가며 사진을 찍었다. 인류의 모습은 육대주 어디나 거의 같다. 남는 건 사진이다. 그건 머리에 남는다. 그보다 더 깊이 남는 게 요리다. 요리는 온몸에 남는다. DNA가 된다.

이상백과 함께 매끌렁 시장을 구경했다. 시골 장터보다 더 리얼하게 사람 사는 냄새가 났다. 물건들의 진열은 극단이었다. 심지어 철로와도 닿았다. 낮게 쌓아 기차의 바닥으로부터 안전을 도모했다. 알록달록한 과일이 시선을 끈다. 바나나부터 망고와 망고스틴, 그리고 고슴도치 같은 람부탄에 용과와 란소네스……

그 옆으로 생선들이 즐비하다. 윤기 발길이 생선 앞에서 멈췄다. 즉석 바비큐였다. 작은 숯불 위에 씩씩한 물고기를 올렸다. 묻힌 것은 소금뿐이었다.

소금.

어쩌면 가장 원시적인 '요리'이자 최상의 요리다. 소금이야말로 최고의 향신료이기 때문이었다.

"먹게요?"

이상백이 물었다.

"네."

"나는 별로인데?"

"괜찮을 거 같은데요?"

윤기가 공항에서 바꾼 바트화를 꺼냈다. 가격은 개당 160바트였다. 까무잡잡한 청년이 먹는 법을 알려 준다. 소금과 함께 구워진 껍질을 벗겨 내고 속살을. 띄엄띄엄한 영어지만 알아들을 수 있었다. 300바트를 주고 두 개를 샀다. 이상백의 네고는 여기서도 통했다.

"먹어 보세요. 역돔 같은데 맛은 제가 보증합니다."

생선 하나를 이상백에게 건넸다. 생선 이름은 쁠라탑팀이다. 역돔의 일종이었다.

"어?"

흰 살 한 덩이를 우물거리던 이상백의 눈빛이 튀었다.

"괜찮은데요?"

"그렇죠?"

"셰프, 태국이 처음이라면서요?"

"네."

"그런데 이 맛을 어떻게… 이 요리도 공부한 건가요?"

"냄새로 알았죠."

"냄새?"

"숯불 즉석구이에 소금… 인류에게 이 이상의 요리는 없어요. 이 세상에서 딱 하나의 향신료를 택하라면 소금이어야 하니까요."

"급공감이 되네요."

"게다가 소금은 흔적도 없잖아요? 자기 자신을 녹여 다른 맛을 살려 주기도 하고요. 저도 오미자나 너도밤나무 숯으로 맛의 깊이를 높이긴 하지만 소금만은 못하죠. 세상의 모든 향신료는 소금이 있어서 빛나는 거예요."

"듣고 보니……."

"소금의 위대함을 알 것 같죠? 다른 향신료도 다 필요 없잖아요?"

"진짜 그렇네요."

"잠깐만요."

윤기가 또 움직였다. 이번에는 푸른 깔라만시였다. 겉보기에는 작은 레몬을 닮았다. 그걸 반으로 쪼개더니 이상백의 생선살에 뿌린다.

"이러면 고급 요리가 되지요."

"정말인데요? 맛이 고급스러워졌어요."

"그냥 먹는 사람들에 비해 우월감 같은 게 느껴지지 않나요?"

"맞아요."

"그게 바로 요리예요. 셰프들이 만들어 내는 최신 유행의 요리들. 알고 보면 인간의 우월감을 자극하는 거예요. 그 우월감 덕분에 요리는 점점 비싸지는 거고요."

"으음, 고급 요리의 본질을 쪼는 적나라한 일격이군요."

생선 살은 윗면보다 아랫면의 맛이 좋았다. 시간 때문이었다. 껍질을 걷어 낸 윗면보다 소금이 작용하는 시간이 길었다. 덕분에 염분 농도가 낮았다.

철길 시장을 따라 걸었다. 이번에는 구운 바나나와 구운 귤을 사 먹었다.

"이것도 분자에 누벨퀴진이에요. 적어도 우리에게는요."

"거위를 먹는 건 식사지만 거위 기름에 감자를 구우면 요리가 된다?"

"맞아요. 그냥 먹는 바나나를 구웠잖아요? 요리에, 참신까지 더한 거죠. 미식의 관점에서 보면요."

"그래서 요즘 고급 요리들을 밀짚으로 그을리는 걸까요?"

"그렇죠, 처음에는 토치였는데 건초로 옮겨 갔죠. 토치는 삭막한데 건초는 자연 친화잖아요. 게다가 짚의 향까지 남으니 그럴듯하지 않나요?"

"그 고급스럽던 모습들이 여기서 보니 아무것도 아니네요?"

"그래서 최고의 요리란 음식 자체가 아니라 음식에 대한 묘사라는 말이 있는 거죠."

"송 셰프."

"예?"

"셰프는 정말 요리를 위해 태어난 사람 같네요. 요리에 대한 설명까지도 피부에 와닿아요."

"저는 아직도 와닿지 않아요."

"뭐가요?"

"폴 보스키 말입니다. 왜 여기서 요리 대회를 여는 걸까요?"

걸음을 멈춘 윤기가 호텔을 바라보았다.

"혹시……."

"혹시 뭐요?"

"내일 식재료를 여기서 조달하라는 거 아닐까요?"

"……?"

"일본에 가면 그런 요리 대회가 있잖아요? 일종의 미션 요리 대회."

"일리는 있지만……."

"보세요. 없는 거 빼고 다 있어요. 풍부한 과일에 풍성한 채소에, 육류도 소, 돼지, 닭, 그리고 다양한 생선들… 기차가 오면 피하는 스릴까지."

"아닐 거예요. 폴 보스키의 스타일이 아니거든요."

윤기가 고개를 저었다. 그의 직원을 뽑는 일이라면 그럴 수 있었다. 그러나 황금보스키상은 최고의 권위를 가지고 있다. 그런 셰프들을 상대로 기본기나 테스트할 사람은 아니었다.

그때 이상백의 핸드폰이 울렸다.

"어? 알버트 기자? 잠깐만요."

이상백이 영어 통화를 시작한다.

윤기는 철길을 보고 있었다. 끝도 없이 이어진다. 요리의 세계도 그렇다. 이 철도처럼 면면히 이어진다. 맛의 갈래가 달라도 마찬가지다.

낡은 철도와 날것이 지천인 재래시장.

폴 보스키가 여길 택한 건 우연이 아닐 것 같았다. 어떤 암시가 있는 풍경이 분명했다.

"송 셰프."

통화를 끝낸 이상백이 돌아왔다.

"뉴욕·타임즈 알버트 기자입니다. 지금 베르나르에 일본 미식 기자 히로토까지 같이 오고 있다는데요?"

"그래요?"

"일본 기자가 자기 나라의 셰프가 강력한 우승 후보라고 주장하고 있다네요. 내가 본때를 보여 줘야겠어요."

이상백의 혈기가 타오른다.

바아앙.

그사이에 또 기차가 들어온다. 노랑과 빨강에 초록 띠를 두른 기차가 가까워진다. 기차는 느리다. 사람이 기차를 보는 건지 기차가 사람을 보는 건지 구분이 되지 않는다. 폴 보스키와의 재회도 그렇게, 먼 듯 가까운 듯 다가오고 있었다.

역아와 안드레아는 달랐다.

역아는 무에서 유를 창조하는 요리사였다. 시대 상황이 그랬다. 모든 것을 자신이 만들어 가야 했다. 로마 황제 콤모두스의 괴식도 역아를 벤치마킹한 건지 모른다. 콤모두스의 사치스러운 요리에는 인간의 배설물이 들어갔다. 소년과 소녀의 소변부터 땀, 피, 그리고 그것까지.

콤모두스는 그런 요리를 즐겼다. 지상 최고의 요리에 인간의 액체를 소스로 넣어 먹은 것이다. 역아는 그보다 상위의 버전이었다.

안드레아의 시대는 역아의 시대보다 축복받은 공간이었다. 원하는 재료를 구하는 것도 쉽고 도구와 향신료를 구하는 건 더 쉬웠다. 그렇기에 안드레아는 유에서 유를 창조했다. 역아처럼 소위 노가다를 뛰지 않아도 되었다.

다행히 인간의 미각은 역아의 시대나 안드레아의 시대나 큰 변화가 없었다. 오미와 칠미의 진화는 인간이 우주를 나가는 만큼 발전하지 않은 것이다.

변한 건 외양이었다. 역아 시대에 황제의 요리보다 안드레아 시대의 보통 사람들이 먹는 요리가 더 화려했다. 소위 플레이팅, 요리 꾸밈의 전성기를 맞은 것이다. 양과 질을 동시에 추구하던 요리는 어느새 질 우위로 변해 버렸다. 커다란 접시에 소량의 요리를 담아 내는 현대의 플레이팅. 역아 시대의 황제가 보면 역아의 목부터 칠 일이었다.

그 두 전생을 꿈에서 만났다. 역아는 가마솥 위에 앉아 있고, 안드레아는 액체질소 용기 위에 자리를 잡았다. 둘은 윤기의 손목 경련으로 이어지는 단서와 연결된다. 역아의 손에는 원초적인 요리가 들려 있다. 그저 삶고 볶고 구운 것이다. 향신료는 대개 소금이었다.

안드레아의 접시는 아주 달랐다. 모양만 보면 우주에서 3D 프린터로 받은 것 같았으니 분자요리와 함께 셀 수도 없는 향신료의 조력이었다.

두 요리가 전사가 되어 전투를 벌이기 시작했다. 뜻밖에도 분자요리는 역아의 원초적 요리 전사들을 당하지 못했다. 전투의 마지막, 거대한 거품, 즉 에스푸마가 날아와 지켜보던 윤기를 덮쳤다.

"……?"

윤기가 눈을 떴다. 꿈이었다. 동시에 모닝콜이 울렸다. 리셉션에 부탁해 두었으니 아침 6시였다.

[누벨퀴진과 분자요리]

비슷하면서도 다른 두 요리는 현대요리의 총아로 불린다. 그렇다면 두 방식의 요리가 닿는 종착역은 어디일까?

[전통요리 혹은 자연요리]

비슷한 듯 다른 이 요리들…….
모든 길을 로마로 통한다.
결국 모든 요리는 한길로 통한다는 뜻이었다.
샤워를 마치고 간단한 식사를 했다. 호텔 레스토랑은 7시 오픈이므로 따로 준비를 해 두었다. 밥을 굶는 것은 좋지 않다. 셰프가 허기지면 맛의 조화에 대한 판별이 저하된다.

[나는 레디입니다. 로비로 내려오세요.]

이상백의 문자가 들어왔다.

다른 문자도 많았다. 어머니의 것부터 김혜주와 수아의 것까지. 모두가 윤기의 행운을 빌고 있었다.

"송 셰프."

미리 예약한 택시 기사 옆에서 이상백이 손을 들었다.

"식사는요?"

나중에 탄 이상백이 물었다.

"간단히 때웠습니다."

"저도 대충 때웠습니다."

"기자들은 잘 만나셨나요?"

"그랬죠. 이번에도 내기를 걸었습니다."

"다른 기자들은 누구에게 걸던가요?"

"알버트는 송 셰프 쪽, 베르나르도 그렇기는 한데 기예르모라는 분자요리 셰프도 거론하더군요. 하지만 일본의 히로토는 자국 셰프. 일본의 레이가 황금보스키상을 품에 안을 거라나요?"

"본선까지 왔으면 누구든 우승 후보죠 뭐."

"다들 만만치 않기는 해요. 스페인의 기예르모와 미국의 앤더슨도 본선 진출전에서 실력 발휘를 제대로 못 한 축에 든다네요. 부탄의 체링은 국제대회 평가 기준을 잘 몰라 감점을 받은 경우라 결선에서는 잠재력이 제대로 나올 거라는 말도 있고……."

"행복한데요?"

"송 셰프."

"저는 막차 탑승이잖아요? 일단 꼴찌라고 생각하고 임할게요."

"말도 안 돼요. 다른 셰프들은 전부 송 셰프 견제에 여념이 없다고 해요. 그게 바로 종신 심사 위원 셰프들의 위엄이거든요."

"저 기차, 어제 본 기차 맞죠?"

윤기가 창밖을 보았다. 알록달록 화려한 기차가 달리고 있었다. 그것은 곧 매끌렁 시장이 가깝다는 뜻이었다.

"송 셰프님."

대회장으로 쓰일 호텔 앞에 도착하자 알버트가 다가왔다.

"안녕하세요?"

"컨디션 좋아 보이는데요?"

"좋은 날이잖아요?"

"일본의 레이와 부탄의 체링, 남아프리카공화국의 음베키는 이미 도착해 있습니다."

"그렇군요."

"그럼 무운을 빕니다."

알버트가 주먹을 내민다. 윤기도 주먹을 내밀어 화답을 했다.

"송 셰프, 보란 듯이 황금보스키 먹는 겁니다?"

이상백도 격려를 받으며 대회장으로 들어섰다. 대회장은 준비가 끝나 있었다. 오픈 형태다. 조리대 사이에 칸막이가 있을 뿐. 심사 위원과 관계자들 자리는 모두 개방되어 있었다.

"송윤기 셰프십니까?"

관계자가 신분을 물었다.

"예."

"안으로 들어가면 탈의실이 있습니다. 조리복으로 갈아입으시고 참가 명찰을 패용하시기 바랍니다."

안내를 따라 탈의실로 들어섰다. 조리복을 갈아입던 셰프들이 윤기를 돌아보았다.

"안녕하세요?"

음베키가 먼저 인사를 해 왔다. 부탄의 체링은 조용한 눈인사였고 일본의 레이 역시 그랬다. 윤기 뒤로 기예르모와 앤더슨이 들어섰다. 기예르모는 훤칠한 호남이라 모두의 시선을 끌었다.

"코리아의 송윤기 셰프?"

기예르모가 친근감을 보였다.

"안녕하세요?"

"알버트 기자의 기사를 읽었습니다. 만나서 반가워요."

그는 호쾌했다. 여기서는 다 경쟁이지만 그런 느낌은 들지 않았다.

"자자, 다들 인사부터 합시다. 저는 스페인에서 온 기예르모예요."

그는 서먹한 분위기를 돌려 놓았다. 밍밍한 요리에 감칠맛을 돌게 하는 향신료를 닮은 사람이었다. 가벼운 각자 소개에 이어 조리복을 갖추고 명찰 패용을 마쳤다. 이것으로 참가 준비는 끝이었다.

이어 대진표 추첨이 열렸다. 윤기가 뽑은 건 6번이었다. 뒤를 이은 레이가 5번을 뽑았다. 가스파르와 앤더슨이 짝이 되었고 체링과 음베키가 짝을 이루었다.

"잘해 봅시다."

윤기의 짝이 된 레이가 말했다.

"네."

윤기의 답이었다.

"폴 보스키네요."

창밖을 보던 기예르모가 중얼거렸다. 윤기가 돌아보니 그가 차에서 내리고 있었다. 진행자와 태국 여성 한 명이 다가가 그를 부축한다. 휠체어 상태였다.

'폴 보스키……'

윤기의 시선에 제대로 꽂힌다.

"제가 폴 보스키를 잘 알아요."

일본의 레이 말은 귀에 들어오지 않았다.

"10년 전에 리옹의 오베르즈에서 2년간 같이 일했거든요. 그때까지만 해도 건강하셨는데……."

나 이런 사람이야.

자부심을 남긴 레이가 보스키에게 다가갔다. 정중한 인사와 함께 보스키의 손을 잡는다. 보스키의 눈가에 아련한 미소가 스쳐 간다. 신뢰가 담긴 미소였다.

그 미소가 안드레아의 기억을 데려왔다.

끌로드 셰프에 이어 방문한 폴 보스키의 본거지 오베르즈 레스토랑. 안드레아는 메뉴 오더 대신 자신이 가져간 요리로 테이블을 세팅했었다.

[소 콩팥에 감자 퓌레]
[검은 송로버섯 수프]
[소고기 안심의 피예 드 뵈프 로시니]

"평가를 부탁드립니다."

안드레아의 목소리가 들린다. 돌연한 광경에 놀란 폴 보스키가 휘하의 수셰프들을 거느리고 나왔다. 다른 셰프들은 안드레아에게 적대감을 보였지만 보스키는 기꺼이 시식에 임했다.

그날 폴 보스키의 소감은 이랬다.

"내 요리의 빈 곳을 제대로 채웠군요?"

그때도 대가였지만 그는 겸손했다.

"지금부터 보스키 도르 요리 대전을 시작합니다. 대륙별 본선 진출 다섯에 종신 심사 위원 쿼터로 진출한 한 분을 합쳐 여섯 분의 셰프, 모두 지정된 조리대 앞으로 나와 주세요."

진행자의 멘트와 함께 대회 개막을 알리는 종소리가 타종되었다.

윤기는 6번 조리대였다.

셰프들이 자리를 잡자 심사 위원들이 도열했다. 폴 보스키를 합쳐 여섯이었다.

"참가 셰프를 소개합니다. 1번 조리대, 스페인 출신의 기예르모입니다. 2번은 미국의 앤더슨……."

참가자 소개가 끝나자 심사 위원 소개가 이어졌다. 가스파르와 루암, 스잔느는 구면. 론디메와 바르텔로메오는 초면이었다. 얼굴을 안다고 유리할 건 없었다. 이들은 그런 인정에 휘둘릴 사람이 아니었다.

그들 앞에 휠체어의 폴 보스키가 있었다. 셰프들 한 명 한 명과 악수를 하며 다가온다. 그리고 마침내 윤기 앞에 멈췄다.

[폴 보스키]
[누벨퀴진의 선각자이면서 동시에 전통 요리의 수호자]

두 가지 수식 중에서 어느 분야의 대표로 내세워도 이의가 없는 프랑스 요리의 산 전설.

"코리아?"

그의 첫 마디였다.

"네."

안드레아는 보스키와 악수한 사진 한 장으로 프랑스 미식계의 인정을 받았다. 끌로드 셰프의 인정에 긴가민가하던 미식가들에게 쐐기가 된 것이다.

그 손을 다시 내미니 윤기가 잡았다.

찰칵.

이상백의 카메라가 이 역사를 담았다.

그리고.

보스키 도르 요리 대회 역사상 가장 한적한 이곳이 대회장이된 이유가 나왔다.

*   *   *

"아름다운 후배 셰프님들."

폴 보스키의 육성이 시작되었다. 마침 기차가 들어온다. 폴 보스키는 기차 소리가 멀어질 때까지 기다리는 여유도 잊지 않았다.

"그리고 나의 친애하는 심사 위원님들, 나아가 우리 요리 대회를 위해 이른 아침부터 달려와 주신 귀빈 여러분."

"……."

윤기를 비롯한 모든 사람들 시선이 보스키를 겨누었다.

"제가 이 장소에서 올해의 보스키 도르 결선대회를 열겠다고 했을 때 많은 사람들이 이렇게 물었습니다. 왜?"

"……."

"맞습니다. 그동안 보스키 도르 대회는 주로 파리에서 열렸죠. 예외라면 단 한 번의 뉴욕대회. 그러나 그곳도 이렇게 자연 친화적인 곳은 아니었습니다."

보스키의 시선이 매끌렁 시장으로 향한다. 거기서 눈빛이 깊어진다. 윤기는 알았다. 보스키의 이유. 바로 매끌렁 시장이었다. 그렇지 않고는 저렇게 아련한 눈빛이 나올 수 없었다. 마치 그리운 연인을 은근하게 바라보는 그런 눈빛……

"아시다시피 저는 이제 건강이 좋지 않습니다. 제 주치의가 말하길 제게 내년 대회는 없을 거라고도 했습니다."

"우."

여기저기서 탄식이 나왔다. 많은 사람들이 짐작하던 일. 그러나 보스키의 입으로 나온 말은 그보다 더 절망적이었다.

"그래서 올해의 결선이 바로 여기 매끌렁입니다."

"……."

"제 30대 초반의 사진입니다."

보스키가 뒤편에 펼쳐진 임시 화면을 가리켰다. 빛바랜 폴라로이드 사진이었다. 사진 속의 보스키는 건강해 보였다. 그 뒤로 알록달록한 기차가 들어오고 있다. 바로 여기, 매끌렁 시장의 모습이었다.

"당시 저는 지독한 슬럼프에 빠져 있었습니다. 신께서는 알겠지만 조리복을 찢어 버릴 생각도 했습니다. 그때 제 선친께서 여행을 권했습니다. 아무것도 목적하지 않는 여행 말입니다."

"……"

"제게 하늘 같던 선친은 인도에서 요리의 길을 찾았다고 하더군요. 그 말에 기대 아프리카에 이어 아시아를 돌았습니다. 아버지와 저는 다른 것인지 저는 인도에서 요리의 길을 찾지 못했습니다. 중국과 일본도 마찬가지였죠."

"……"

"요리 말고 다른 길을 가라는 신의 계시로 알고 짐을 꾸린 도쿄의 마지막 날, 허름한 바에서 칵테일을 마실 때 취한 손님이 바텐더를 때리는 사고가 났습니다. 바텐더는 태국에서 온 여자 알바생이었습니다. 코피가 터진 그녀가 벽에 기대 울더군요. 그녀를 위로할 때 그녀가 사진 몇 장을 떨어뜨렸습니다."

"……"

"그녀가 바로 여기 매끌렁 출신이었고 그녀의 어머니가 철도 시장에서 장사를 하는 사진이었습니다. 아픈 건 괜찮은데 어머니가 해 주던 요리가 그립다고 하더군요. 음식 사진도 보여 주었는데 정말 보잘것없었습니다. 그건 요리라고 할 수도 없었으니까요."

"……"

"하지만 그 무채색의 사진들이 제 마음을 뺏었습니다. 다음

날 저는 방콕으로 날아가 매끌렁 시장으로 향했습니다. 모르시
겠지만 여기 풍경은 그때나 지금이나 별다른 차이가 없습니다.
차이가 있다면 그때 그 바텐더가 돌아와 이 호텔의 주인이 되었
다는 것뿐이죠."

보스키가 귀빈석을 바라보자 초로의 여자가 일어나 인사를
했다. 아까 보스키의 휠체어를 잡아 주던 그 태국 여성이었다.

짝짝.

심사 위원들이 박수를 친다. 윤기도 따라 쳤다.

"그때 제 요리의 길이 열렸습니다. 곡예처럼 펼쳐진 식재료와
그 위를 아슬아슬하게 지나가는 기차. 그런 삶을 만족스럽게 받
아들이며 일상을 수놓는 현지인들… 거기 펼쳐진 식재료는 초라
했지만 그들에게는 지상 최고의 성찬이 되는 것들이었습니다."

"……."

"거기서 대나무 숯으로 구워 낸 이름 없는 요리에서 제 영혼
은 뜨거운 위로를 받았습니다. 그리고 알게 되었어요. 제 요리가
가야 할 길……."

"……."

"말이 길었지만 간단히 줄이면 이곳 매끌렁은 제 요리에 영감
을 준 곳이라는 겁니다. 그렇게 제 요리 인생이 시작되었기에 마
감의 기회를 이 장소로 잡았습니다."

"……."

"그러니 젊고 능력 있는 후배 셰프님, 여러분도 부디 이곳에서
요리 인생을 펼치는 데 도움이 되는 깨달음을 얻어 가길 바라며
인사를 마칩니다."

짝짝.

박수는 길었다. 모두의 공감이었다. 보스키가 이 한적한 곳을 택한 이유.

[폴 보스키가 폴 보스키로 살 수 있었던 영감의 땅]

누구의 군말도 필요 없는 설명이 되었다.

"진행하세요."

보스키가 진행자에게 사인을 보냈다.

"참가자 여러분."

진행자가 다시 발언에 나섰다.

"여러분은 지금 보스키 도르 요리 대회 역사의 한쪽을 장식하고 있습니다. 그럼 지금부터 요리 대회 진행 원칙을 알려 드리겠습니다."

이제 시작이다. 셰프들과 심사 위원들, 귀빈 일동이 숨을 죽였다.

"요리의 주제는 공표되었다시피 생선과 육류입니다. 두 가지 재료는 곧 공개가 될 것이며 요리 방식은 자유입니다. 요리에 필요한 것은 모두 준비되어 있으며 어떤 것을 어떤 방식으로 쓰든 자유입니다."

진행자가 뒤쪽을 가리켰다. 차양이 내려진 벽이었다.

"1차 과제는 생선으로 요리 시간은 다음 기차가 이 호텔의 깃발을 통과하는 순간까지입니다. 단두대 매치 방식으로 지금 서신 대로 2명씩 겨루어 세 명이 남게 됩니다. 참고로 다음 기차가 통과하는 시간은 약 2시간 10분 후, 다만 이 지역 특성상 약간의 연발착이 있을 수 있습니다."

"……?"

대진 방식이 나오자 이상백의 눈이 휘둥그레졌다. 윤기 옆은 일본의 레이였다. 처음부터 일본 대표와 붙는 것이다.

"레이, 대진운도 좋은데?"

히로토 기자의 중얼거림이었다.

"내가 할 말을."

이상백이 받아쳤다. 히로토는 개의치 않았다. 그의 미소는 거의 확신에 가까워 보였다.

"오전 대전이 끝나면 1시간 30분 정도 휴식이 주어집니다. 오후 대전은 생존한 세 명의 셰프가 육류 요리로 황금보스키상을 겨루게 됩니다. 이때 오전 요리에서 득표한 점수를 합산해 최후의 챔피언을 결정하게 되겠습니다."

"이렇게 되면 생선 요리에 약한 사람부터 탈락인데?"

"대진표도 기묘해요. 스페인과 미국 대표, 남아프리카공화국과 부탄 대표, 그리고 한국과 일본 대표……."

기자들이 웅성거렸다.

"그럼 오전 요리를 시작합니다."

진행자가 차양을 돌아보았다. 보스키 도르 대회의 문양이 그려진 차양 앞으로 도우미들이 도열했다.

"생선은 뭘까?"

기자들이 촉각을 세운다.

"대구?"

알버트가 중얼거렸다.

"농어일 거예요."

베르나르의 의견은 달랐다.

"연어일 겁니다. 보스키 레스토랑의 대표 메뉴에 '연어 마리네'가 있잖아요? 기존 대회에서도 아홉 번이나 나왔고요."

일본 기자 히로토도 보스키 대회 공부는 좀 한 것 같았다.

"이 기자는요?"

알버트가 이상백에게 물었다.

"저는 넙치? 이것도 예년 대회에서 네 번 나왔는데 최근 2년간은 빠졌거든요."

이상백도 자료에 근거했다. 바로 그 순간 식재료를 가렸던 차양이 제거되었다.

"……?"

셰프들 시선이 출렁거렸다. 기자들도 그랬고 심사 위원들도 그랬다. 심사 위원들조차 출제 생선이 무엇인지 모르고 있었던 것이다.

"이곳 태국에서 쁠라탑팀으로 불리는 역돔과의 틸라피아입니다."

틸라피아.

어제 본 그 생선이었다. 수족관 속에서 떼를 지어 유영을 한다. 산 채로 준비했으니 기자들의 예측은 완벽하게 빗나가 버렸다.

다소 당황한 건 기예르모와 앤더슨, 그리고 레이였다. 생각지도 못한 생선이 나왔다는 표정이었다. 체링과 음베키는 별 동요가 없었다. 일상에서 많이 접해 본 눈치였다.

윤기는 그냥 무표정이었다.

"역돔? 보스키 셰프도 늙으셨네. 이건 요리의 선을 넘은 거라고요."

레이가 영어로 투덜거렸다. 일리가 있기는 했다. 이 역돔은 싼 생선에 속한다. 그렇기에 고급 요리에서는 잘 취급하지 않고 있었다.

"그래서 과제로 낸 것 아닐까요?"

윤기의 답이었다.

"무슨 뜻이죠?"

레이의 영어가 이어진다. 그의 영어는 훌륭했다. 윤기가 살짝 딸릴 정도였다.

"고급 생선 요리는 많으니 식상하잖아요."

"역돔 다뤄 봤어요?"

"네."

"종신 심사 위원 추천셰프전 출신?"

"네."

"미안하지만 요리 어디서 배웠어요? 뉴욕? 파리? 로마? 설마 라오스는 아니겠죠?"

"라오스는 왜죠?"

"그 나라 사람들이 역돔 요리 많이 하거든요. 미얀마나 캄보디아도 그렇고."

"아무튼 시작하시죠?"

윤기가 수족관을 가리켰다. 다른 셰프들은 이미 원하는 역돔을 건져 낸 후였다. 펄떡거리는 역돔의 숨통을 끊어 놓고는 모두가 생각에 잠긴다. 고민을 보자니 셰프들이 허를 찔린 것만은 분명했다.

무엇보다 역돔은 굉장한 애로가 있었으니 바로 흙냄새였다. 주로 민물에 서식하기 때문이었다. 태국의 역돔들도 예외는 아니었다. 수족관 물 또한 민물이었고, 역돔들이 몸부림을 칠 때마다 흙냄새가 피어올랐다.

"당신부터 하세요. 종신 심사 위원 추천 쿼터라고 힘 좀 주는 모양이지만 나 보스키의 오베르즈 출신이에요."

"보스키와 2년간 같이 일했다고요?"

"그래요."

"궁금해서 그러는데 그의 주특기가 뭔가요?"

"그것도 모르고 보스키 도르 요리 대회에 나왔습니까?"

"이 대회가 보스키의 요리 재현 대회는 아니잖아요?"

"소고기 안심으로 만드는 로시니 스테이크, 앤드 VGE 검은 송로버섯 수프죠. 그 분야의 바이블이라고, 바이블."

레이의 말에 힘이 들어갔다.

"그걸 다 만들 줄 아나요?"

"눈 감고도 하지."

"대단하네요."

"내 상대가 된 걸 영광으로 생각하도록."

레이가 폭주한다. 선을 넘은 건 보스키가 아니라 레이였다. 어느새 명령조의 말투로 변해 간 것.

윤기의 입가에 음산한 미소가 스쳐 갔다. 다른 건 몰라도 요리에의 도발은 용납하지 못한다. 어차피 넘어야 할 상대였으니 제대로 응징하기로 했다. 가장 참담한 각성이 되도록. 그 정도는 되어야 역아와 안드레아의 위엄에 걸맞았다.

뜰채를 수족관에 들이밀었다. 슬쩍 건드리자 역돔들이 날뛰기 시작했다. 가장 빠르게 도망치는 놈을 추격해 뜰채 안에 넣었다. 힘의 근원은 근육이다. 근육이 뛰어나면 육질이 좋게 마련이었다. 숨통을 끊어 놓고 식재료를 살펴보았다. 향신료 풍년이다. 허브와 가니쉬로 쓸 재료도 완벽했다. 심지어는 새고기와 육류의 내장까지도 비치되어 있었다.

"……"

윤기의 시선은 숯에 있었다.

레이의 자부심은 틀렸다. 그것도 한참 틀렸다. 보스키의 주특기는 오페라 작곡자이자 미식가가 즐기는 로시니 스테이크가 아니었다. 보스키의 주특기는 '불'이었다.

[불로 조리하지 않은 요리는 매력 없는 창녀와 같다.]

그의 신조였다. 스테이크나 수프 따위는 그 불로 빚은 수많은 작품의 하나에 불과했다.

폴 보스키.

체취로 미루어 보아 몇 달 남지 않은 생.

그를 위해 그의 주특기를 살리는 요리로 가닥을 잡았다. 소금 앞에서 걸음을 멈췄다. 소금의 종류도 셀 수 없이 많았다. 게랑드부터 히말라야 암염, 검은빛의 화산 소금과 최고급 천연 소금으로 불리는 플뢰르 드 솔까지.

셰프들이 바빠진다. 기예르모는 분자요리를 준비하고 있고 체링은 생강, 감자 앞에서 신중했다. 한 쪽씩 떼어 맛을 확인하는 모습은 마치 구도자처럼 보였다.

남아프리카공화국에서 온 음베키는 좀 특이했다. 그가 따로 고른 건 돼지 방광이었다.

윤기의 선택은 소박했다.

[너도밤나무숯, 굵은 천일염, 샹트렐 버섯, 메이플시럽 두 가지, 방울토마토 세 알, 미니 감자 여섯 알]
[허브로 로즈마리 한 줌과 레몬그라스 한 줌]

샹트렐 버섯과 메이플시럽을 제외하면 매끌렁 시장에서 가져왔음직한 재료들이었고 로즈마리와 레몬그라스의 허브는 더욱 그랬다.

레이가 피식 웃었다. 보아하니 메이플시럽을 발라 숯불에 구워 낸 후에 토마토와 미니 감자로 장식할 그림이었다.

레이는 파이를 준비하고 있었다. 보스키가 자랑하는 주메뉴의 하나에 농어 파이가 있었다. 농어를 파이 속에 넣고 구워 내는 요리다.

응용 버전이다. 두 장 뜨기로 농어살을 떠내더니 꼬리 쪽을 잘라 모양을 잡았다. 하나는 세로로 굽고 하나는 가로로 굽는다. 파이에 딸기 물을 들이면 핑크색이 된다. 귤을 구워 색조를 맞출 계획 같았다. 초록 허브와 함께 플레이팅하면 핑크—노랑—초록

라인의 환상이 되는 것이다.

소스도 그쪽이었다. 달팽이에 토마토 퓌레 준비물로 보아 확실했다. 산미가 강한 소스로 역돔의 흙냄새를 잡고 최고 버전의 응용으로 점수를 따겠다는 전략으로 보였다.

비장의 무기로는 만능 향신료 하리사와 레몬을 추렸다. 모든 맛을 한 단계 업그레이드시킬 생각으로 보였다.

윤기는 레이가 갈 길을 알았다. 처음부터 확실하게 튀고 싶은 것이다.

윤기는 딱 두 가지 소품을 추가했다. 딸기 한 알과 작은 단호박이었다. 레이에게 안겨 줄 참담 폭발의 뇌관이었다.

'송 셰프⋯⋯.'

이상백의 긴장감은 극한으로 치닫고 있었다. 다른 셰프들은 보지 않았다. 지금 이 순간 윤기의 운명은 레이에게 달렸다.

하지만.

시작부터 운동장이 많이 기울고 있었다. 레이의 요리는 자타가 공인하는 고급 요리. 그런데 윤기는⋯ 역돔 위에 고작 굵은 소금을 듬뿍 올리고 있었다. 어제 매끌렁 철길 시장에서 사 먹은 그 버전이었으니 이런 비속어가 어울리는 순간이었다.

미치고 환장하겠네.

"환장하겠네."

이상백은 결국 그 말을 중얼거리고 말았다. 윤기의 역돔은 결국 그렇게 단순한 디자인으로 숯불 위로 올라갔다. 아가미에 허브를 물고 굵은 소금을 두른 게 전부였다.

[참신함]

보스키 도르 요리 대회의 핵심이었다. 물론 요리의 창의성이라는 것, 문학의 경우와 마찬가지로 우주에서 뚝 떨어지지 않는다. 대부분은 요리 방식의 변화를 주거나 형체를 바꾼다. 혹은 판에 익은 맛을 변형하는 정도가 전부였다.

그럼에도 윤기의 요리는 하나도 새로워 보이지 않았다.

"이 기자."

알버트와 베르나르가 이상백을 바라보았다. 그들도 맥이 빠졌다. 허브를 물리고 굵은 소금을 바른 소금구이. 설명에 따라서는 참신할 수도 있다. 그러나 설득력이 있을 것 같지 않았다.

거기에 비하면 레이의 요리는 발군이었다. 손질을 마친 역돔을 주사위 모양으로 커팅하더니 마리네이드에 들어간다. 마리네이드의 마무리는 라임 한 방울이었다. 흙내를 날리려는 계산이었다.

얼마간 방치한 후에 건초에 불을 붙여 바비큐 냄새를 입힌다. 군침이 돌도록 노릇하게 익은 역돔 조각들이 파이 안으로 들어갔다. 그걸 오븐에 넣고 시간을 맞춘다.

윤기를 바라본 레이, 여유 있게 소스 만들기에 돌입했다. 달팽이와 토마토 퓌레, 버터와 계란이 주재료다. 여기도 라임즙 미량이 들어갔다. 살과 소스의 간격을 좁혀 주는 처방이었다.

"종신 심사 위원 추천전으로 올라온 셰프… 올해는 기대 이하로군요."

히로토의 입가에 미소가 번져 간다. 이상백을 자극하는 것

34 요리의 악마

이다.

'쳇.'

가니쉬만 봐도 할 말이 없었다. 레이의 가니쉬는 태국 현지의 소담한 허브와 작은 귤이었다. 귤이 통째로 숯불 위로 올라갔다. 그냥 내는 게 아니라 구워 내는 것. 귤 역시 산미가 있으니 혹시 모를 흠내까지 씻어 줄 요량이 아닐 수 없었다.

그 외에 색감의 조화도 노릴 수 있었다. 레이의 파이는 핑크색이었다. 딸기즙을 섞어 반죽했으니 미치도록 고운 색깔. 허브의 초록과 귤의 노랑이 함께 플레이팅되면 환상이 아닐 수 없었다.

"아직 끝난 게 아니거든요."

이상백이 반론했다. 현재까지는 절망적이었다. 하지만 윤기였다. 분명 생각이 있을 것 같았다.

"음베키 말입니다. 역돔을 돼지 방광 속에 넣고 있어요."

알버트가 중앙을 가리켰다.

"앙 베시 조리법이네요. 동물의 내장 속에 재료를 넣고 요리하면 살이 엄청나게 촉촉해지거든요."

이상백이 답했다. 차라리 윤기가 썼으면 좋았을 시도였다. 그의 상대 체링은 감자와 생강을 조각하고 있었다.

"튀겨서 가니쉬 용도로 역돔 위에다 뿌리려는 건가?"

알버트 고개가 갸웃 기울었다. 요리 식견이 높은 그였지만 아직은 감을 잡지 못하고 있었다.

그에 비하면 1번 조리대의 기예르모 요리는 한눈에 알 수 있었다. 분자요리였다. 역돔의 생살을 발라내더니 곱게 다진 후에 색색의 물을 들였다. 색물은 허브나 과일에서 얻었다. 그런 다음 얇게 펼치고 뭔가를 솔솔 뿌린다.

"트랜스글루타미나아제네요."

이상백이 중얼거렸다.

기예르모는 엔 브리 출신이다. 그곳은 분자요리의 왕국이었다. 그 출신답게 처음부터 끝까지 분자요리로 달리고 있었다.

"분자요리 누들로 가요."

알버트도 그의 구상을 알았다. 30분 정도 방치하더니 고운 면발로 썰어 낸 것이다.

"응?"

심사 위원들을 바라보던 이상백이 시선을 들었다. 그러고 보니 폴 보스키가 보이지 않았다.

"몸이 안 좋으니 안에서 쉬고 있는 걸까요?"

알버트의 의견이었다.

"기차는 언제 들어오죠?"

"이제 약 20분 후?"

뒤쪽의 베르나르가 시계를 보았다.

윤기는 여전히 숯불에 집중하고 있었다. 버섯과 토마토, 미니 감자와 단호박 등은 보이지 않는다. 다져서 배에다 넣은 걸까?

역돔은 흰색으로 변해 갔다. 소금이 타면서 수분이 빠진 덕분이었다. 윤기 표정은 더없이 자신감에 차 있다. 싱가포르에서보다도 더 그렇게 보였다.

'송 셰프……'

이상백의 한숨이 저 홀로 깊어 간다. 종신 심사 위원 추천전의 내기에서는 알버트와 베르나르의 콧대를 눌렀다. 하지만 오늘은……

소금덩어리를 덮어쓴 역돔이 여섯 심사 위원들의 눈에 들 것 같지 않았다.

'하긴……'

마음을 비웠다.

현재 윤기와 겨루는 셰프들 수준은 미슐랭 별 한두 개 정도는 문제없는 실력자들. 20대인 윤기 나이를 생각하면 저 자리에 있는 것만으로도 엄청난 성공이었다. 윤기는 압도적으로 어렸다. 윤기 다음이 앤더슨인데 그가 서른셋이기 때문이었다.

'송윤기의 기회는 하늘의 별만큼이나 많아.'

이상백은 자신을 위로했다. 그러는 와중에도 일말의 희망만은 놓지 않았다.

"엇?"

마무리 시간이 되자 앤더슨이 주목을 받기 시작했다. 머스터드에 피스타치오 크러스트를 두른 채 오븐에서 나온 요리의 위엄 때문이었다.

"뭐야? 갈비잖아?"

알버트 옆의 태국 기자가 중얼거렸다. VIP로 참관 중인 태국 왕실 관계자를 인터뷰하고 오던 길이었다. 기자들이 앤더슨을 주목했다. 그의 조리대 위에 드러난 요리, 역돔이 아니라 갈비 비주얼이었다.

"어떻게 된 거지?"

알버트 고개가 돌아간다.

"머리를 자르고 가공을 했네요. 꼬리 쪽 살을 발라내고 잔가시를 쳐 내서 갈비 모양을 잡았어요."

이상백이 중얼거렸다. 이마에 식은땀이 흘러내렸다. 윤기의 요리라면 얼마나 좋을까? 중심 가시가 살짝 휘도록 익혔으니 영락없는 갈비의 포스였다.

가니쉬의 중심은 무화과였다. 살짝 구워 반으로 갈라 놓았다. 속삭이듯 엿보이는 꽃이 기막힌 조화를 이룬다. 무화과 꽃은 열매 안에 피기 때문이었다.

"앤더슨, 역시 한 방 있는데?"

알버트가 고개를 끄덕거렸다. 역돔으로 역돔갈비, 진짜 참신하다. 소스는 레드와인으로 만들었다. 사라진 머리와 꼬리 쪽 살은 분명 소스 안에 들어갔다. 비주얼부터 다르니 심사 위원들도 그 요리를 주목하기 시작했다.

그때 멀리서 기적이 울었다.

빠아앙.

셰프들이 일제히 반응을 보였다. 이제 마무리 플레이팅에 나설 시간이었다.

땡.

오븐의 타이머 소리와 함께 레이의 오븐이 열렸다.

모락.

포근한 김 사이로 파이가 나왔다. 수직과 수평으로 익어 나온 파이. 기하학적인 디자인도 신박하지만 색조가 예술이었다. 못 견디게 아름다운 핑크가 아닌가?

레이가 윤기를 돌아본다. 윤기의 역돔은 제대로 익었다. 하얀 소금을 뒤집어쓴 채 짭쪼름한 냄새를 풍긴다. 가정집 요리라면 100점을 주어도 될 구이.

'푸훗.'

레이가 고개를 저었다. 미안하게도 가정집 밥상에 올라가는 음식을 만드는 게 아니었다.

종신 심사 위원 추천셰프.

그 이름만으로도 부담이 되었던 레이. 비로소 긴장을 풀었다. 대진운이 좋았다. 오후의 결선 진출은 따 놓은 당상이었다. 그럼에도 레이는 플레이팅에 소홀하지 않았다. 이 점수가 오후로 이어지기 때문이었다.

접시 위에 허브를 깔고 파이를 놓았다. 거칠게 구워 낸 귤은 반으로 갈라 역돔의 머리 위치에 세팅. 그 위로 소스가 부어졌다. 파이의 일부를 적시며 흘러내린 소스는 그 자체로 하나의 그림이 되었다. 강렬한 색감 대비의 완성이었다.

이것조차 끝은 아니었다. 회심의 퍼포먼스가 남았으니 레몬 껍질을 갈아 재워 둔 설탕을 꺼냈다. 기차가 들어오고 심사 위원들이 다가오면 보여 줄 마지막 그림이었다.

"이 기자."

베르나르가 이상백의 옆구리를 건드렸다.

"보고 있어요."

이상백이 중얼거렸다. 레이의 요리였다. 그 옆으로 윤기의 요리가 플레이팅 되고 있었다. 반전을 기대했지만 변한 게 없었다. 윤기의 마무리는 푸른 대나무잎을 깔고 소금 옷을 입은 역돔 구이를 올리는 것으로 끝났다. 시선을 끄는 건 고작 역돔의 입을 통해 안으로 들어간 허브 다발뿐이었다.

빠아앙.

기차 소리가 가까워졌다. 결국 예정된 지점을 통과했다. 거기서 잠시 멈췄다가 출발했지만 이상백은 보지 않았다. 포토 타임이 주어졌으니 사진이 우선이었다.

'아.'

'아아……'

기예르모와 앤더슨의 요리에서부터 시선이 녹아 버렸다. 천상의 누들로 변신한 역돔살과 갈비로 구현된 역돔. 그야말로 압도적이었다. 두 번째 대결장의 셰프들 요리는 신기한 비주얼로 시선을 장악했다. 음베키의 요리는 축구공처럼 보였다. 역돔을 집어넣은 돼지 방광이 부풀어 오른 것이다.

반면 그의 상대 체링의 요리는 역돔 그대로였다. 비늘들이 반들거리니 그냥 내놓은 건가 싶을 정도였다. 그의 승부수는 소스에 그려진 그림이었을까? 역돔 모양으로 수놓아진 그림만은 심오해 보였다.

"셰프들은 자신의 요리 뒤에 서 주시기 바랍니다."

진행자의 멘트가 나왔다. 그제야 모든 요리가 한눈에 들어왔다. 윤기를 비롯한 참가자들이 다른 셰프의 요리로 시선을 돌렸다.

접시 위의 요리 구현, 미적 기준으로만 본다면 기예르모〉레이〉앤더슨이 앞쪽이었다. 흥미를 기준으로 보면 음베키의 방광요리가 압도적이다. 윤기의 소금구이는 그 어디에도 속하지 않았다.

"소금구이야?"

"진짜 소금만 뿌렸네?"

귀빈들의 웅성거림이 커졌다. 태국 왕실에서 나온 왕족도, 저명한 요리 산업 관계자들도 실망스러운 눈빛이었다. 그건 누구나 할 수 있는 그림이기 때문이었다.

'쉣!'

이상백의 인상이 구겨졌다. 기자들의 사진 역시 기예르모와 레이, 앤더슨의 요리 쪽에 집중되고 있었다.

'송 셰프……'

이상백이 윤기를 바라본다. 찡긋, 윤기는 윙크를 날리는 여유까지 있었다.

'대체……'

저 배짱은 어디서 오는 걸까? 플레이팅까지 끝난 1차전. 승패는 이미 난 것 같음에도 미동조차 없는 것이다.

보스키는 그제야 모습을 드러냈다. 매끌렁 시장 쪽이었다. 전동 휠체어지만 호텔 주인의 도움을 받으며 다가왔다. 변한 게 있었다. 아까와 달리 조리복 차림이었다.

"원더플."

완성된 요리를 본 그가 감탄을 연발했다.

"다들 수고가 많았어요."

셰프들에 대한 격려도 잊지 않았다.

"지금부터 심사를 시작하겠습니다. 셰프들은 자신의 요리에 대한 질문에만 답해 주시기 바랍니다."

진행자의 가이드가 나왔다.

심사 위원들이 기예르모와 앤더슨의 요리로 다가섰다.

"분자요리로군요?"

첫 질문이 기예르모에게 날아갔다.

"그렇습니다."

"오직 역돔살만 사용했나요?"

"예."

"색조가 예술이군요. 이런 파스타를 먹으면 성자가 될 것 같네요."

스잔느가 일부를 덜었다. 그걸 받아 든 보스키가 맛을 보았다. 심사 위원들도 하나둘 시식을 시작했다.

"흙냄새는 잘 제거했네요."

"역돔의 흙냄새는 내장 처리에 달려 있죠. 터뜨리지 않고 내장 기관 주변을 잘 씻으면 오렌지와 후추 정도로도 잡을 수 있습니다."

질문이 나오자 기예르모가 설명을 붙였다.

"좋아요. 발상이 아주 좋아요. 역돔으로 파스타를 만들다니… 여러분도 같이 즐겨 보실까요?"

보스키가 귀빈들에게 말했다. 모두에게 시식의 기회가 돌아갔다.

"이야."

"과연."

감탄이 쏟아진다. 색조만큼이나 맛의 조화도 제대로 갖춘 분자요리였다.

다음 차례는 앤더슨의 역돔갈비였다.

"잔가시를 치고 뼈를 휘어 놓으니 영락없는 양갈비구이로군요?"

첫 질문은 스잔나의 것이었다.

"식재료 다발에 대나무 줄기가 많길래 응용을 했습니다. 그걸로 뼈를 휘어 구운 후에 제거했죠."

앤더슨이 답했다.

"역돔갈비… 이런 건 나도 처음입니다. 보스키 도르 대회에 길이 남을 것 같네요."

평가를 경청하던 보스키 표정도 밝아졌다.

"레드와인 소스에 피스타치오 크러스트… 이건 정말 참기 어려운 구성인데요?"

가스파르와 론디메가 군침을 넘긴다. 앤더슨의 갈비 평도 만만치 않게 좋았다. 시작부터 불꽃을 튀기는 두 사람이었다.

"우리 셰프께서는 재미난 요리를 하셨군요?"

보스키의 시선은 이제 돼지 방광에 있었다. 모두의 시선을 끄는 요리법이 아닐 수 없었다.

"동물의 내장으로 감싼 요리들은 어떤 요리보다 촉촉해지니까요. 역돔은 살이 조금 퍽퍽할 수 있어서 응용해 보았습니다."

"정말 촉촉하네요. 육즙이 쏟아질 것 같아요."

시식에 나선 심사 위원들이 혀를 내두른다. 주사기로 소스를 주입한 것 이상의 식감이었다. 독특한 요리법을 선보인 음베키. 그도 높은 점수를 받을 것 같았다.

"오?"

그 옆 체링의 역돔을 본 보스키의 감탄 소리가 높아졌다.

"이것……?"

보스키가 다가선다. 아직 비늘조차 벗기지 않은 역돔. 그런데 가까이서 보니 그게 아니었다. 역돔의 몸통에 붙은 건 비늘이 아니라 황금빛으로 구워 낸 감자와 생강 조각이었다. 비늘을 긁어내고 구워 낸 후에 진짜 비늘처럼 장식한 체링이었다.

"셰프?"

"맞습니다. 감자와 생강을 오려 비늘로 붙인 겁니다."

체링이 답했다.

"기가 막히군요. 나는 비늘을 황금빛으로 구워 낸 줄 알았어요."

"흙내가 나는 물고기는 비늘까지 제거해야 안전하죠. 저는 자연주의 요리를 추구하다 보니 원형을 유지하고 싶었습니다."

"이 소스의 그림는 어떤 의미죠?"

"구워 낸 것은 암놈이고 소스로 쓴 것은 수놈입니다. 소스가 되면서 형체가 사라졌으니 그 혼을 새겨 두었습니다. 어쨌든 우리가 먹는 건 두 마리니까요."

"……"

체링의 설명이 모두의 심금을 울렸다. 설명 하나로 심사 위원을 휘어잡는 체링이었다.

"혼까지 접시에 올렸다? 엄청나게 참신하군요. 이건 평생을 요리해 온 나조차도 생각지 못한 요리법입니다."

보스키의 만면에 미소가 흐른다.

"살과 함께 씹히는 감자와 생강구이가 예술이네요. 뭐 다른 생각 할 겨를이 없어요."

"그러게요. 바삭거리는 소리까지 아름다운데요?"

루암과 바르텔로메오 등의 심사 위원들도 감탄을 아끼지 않는다. 조금 허전해 보이던 체링의 요리는 비늘과 수놈의 혼으로 반전을 이루어 냈다.

그럴수록 굳어 가는 건 이상백이었다. 이제 레이와 윤기의 차례가 된 것이다.

"재팬과 코리아, 이웃한 나라의 셰프들 요리 차례로군요."

보스키와 심사 위원들이 요리 앞에 포진을 했다.

[가로세로 두 조각으로 유려하게 플레이팅된 핑크빛 파이의 레이 VS 투박한 굵은 소금을 뒤집어쓴 구이의 윤기]

누가 오후의 결승으로 갈 것인가.

운명의 순간이 두 요리를 겨누었다.

"파이에 넣어 구웠군요?"

보스키가 레이에게 물었다. 애정이 깃든 미소가 푸근해 보였다.

"예."

"구운 귤과 허브의 색조… 접시 위에 한 편의 동화를 썼어요?"

"감사합니다."

"모양을 두 가지로 잡았네요?"

"그렇습니다. 수직과 수평의 안정감이죠. 요리란 눈으로도 먹는 것이니까요."

"파이를 갈라 보시겠어요?"

"아직 한 가지 남은 게 있습니다만."

"남았다고요?"

"잠깐이면 됩니다."

레이가 파이 위에 뭔가를 발랐다.

딸깍.

그 위로 불을 붙이자 새콤달콤한 냄새가 타올랐다. 설탕을 뿌린 뒤에 불을 붙여 표면을 살짝 그을린 것. 그러자 파이가 더 먹음직스럽게 변했다.

"기막히군요. 이 요리와 제대로 어울리는 퍼포먼스입니다."

"감사합니다."

"설탕만 그을린 건 아니죠?"

"레몬껍질을 갈아 넣었습니다. 역돔의 흙내를 날리고 풍미를 올리려고요."

"이제 잘라 주세요."

"그러죠."

요청을 받은 레이가 파이를 갈랐다. 그러자 폭음이 터진 듯 진한 풍미가 밀려 나왔다. 마치 핑크빛 파이 안에서 피는 꽃처럼 화사했다. 하리사에 더불어 설탕과 함께 녹아 버린 레몬 향의 위엄이었다.

"소스의 풍미가 군침을 돌게 하네요?"

가스파르의 질문이었다.

"토마토 퓌레를 중심으로 달팽이를 갈아 넣어 에스카르고의 풍미를 더했습니다."

"자자, 시식들 해 볼까요?"

보스키가 심사 위원들을 불러 모았다. 맛은 환상이었다. 파이 위에 뿌린 설탕이 주는 새콤달콤함, 파이의 고소하고 바삭한 풍미, 그 뒤에 작렬하는 역돔의 담백함은 더할 나위가 없었다. 론디메와 루암의 시식 조각은 조금씩 커져 갔다.

더 크게, 더 많이.

요리 맛에 반했을 때 나오는 행동이었다.

이상백에게도 시식의 기회가 왔다. 두툼한 살점을 입에 물자 관자놀이가 뻐근해졌다. 흠내라도 나면 희망을 걸겠지만 그조차도 아련했다.

'쉣!'

한숨이 나왔다. 윤기의 기적이 멀어진다. 맛있는 요리가 불만스러운 건 이상백의 생애에 처음 있는 일이었다.

"코리아의 송 셰프."

보스키가 윤기 요리 앞에 섰다. 심사 위원들도 그 곁으로 도열했다. 기자들도 몰려든다. 윤기가 마지막이기 때문이었다. 앞의 두 팀은 우열이 쉽지 않을 것 같았다. 과연 대륙별 예선을 거친 강자들이었다. 요리 하나에 그들의 혼을 담아냈으니 겉모양이나 규모에 치중하는 다른 요리 대회들과는 질적으로 달랐다.

[종신 심사 위원 추천 셰프]

이 와일드 카드는 보스키 도르 요리 대회만의 특징이었다. 동시에 장점이었다. 타이틀에 얽매이지 않고 자신의 요리를 추구하는 셰프들을 제도권으로 끌어들인 것이다. 결과는 대성공이었다. 종신 심사 위원들이 명예를 걸고 추천한 셰프들은 보스키 도르 대회의 판을 키웠다. 오죽하면 쟁쟁한 예선 통과자들보다 추천 셰프에게 더 기대를 걸 정도였다.

보스키의 기대도 컸다. 싱가포르에 참관하지 못한 그였다. 거기 관여한 심사 위원들 모두에게 칭송이 나왔다. 심지어는 후원자로 참석한 VIP들까지도.

그게 윤기였다.

그 윤기가 만든 요리가 보스키의 지적에 있었다. 회색으로 그을린 결정 사이로 언뜻언뜻 흰 속살을 내보이는 소금은 특별할 것도 없는 천일염이었다. 게랑드를 시작으로 화산소금과 플뢰르 드 솔까지 갖춰 놓은 식재료들… 그럼에도 굳이 천일염이라니…….

물론, 역돔과는 제대로 어울렸다. 생선 또한 특별할 것 없었으니 조화로 치면 최고의 선택이었다.

"……"

이상백이 종신 심사 위원들 표정을 스캔한다. 신기하게도 가스파르와 스잔나는 진지했다. 소금덩어리 안에 뭔가 있을지도 모른다는 눈빛이었다.

"소금구이로군요?"

보스키가 확인에 들어갔다.

"네."

"좋은 소금이 많은데 쓰지 않았어요?"

"먹어 보니 이 맛이 어울렸습니다."

"……"

"……."

"불은 제대로 다뤘군요. 소금조차 멋진 시어링의 한편으로 보입니다."

"아무렇게나 올리면 속살 맛이 엉망이 되니까요."

"입에 물린 허브는 로즈마리와 레몬그라스인가요?"

"예, 역돔의 흙내를 잡는 전사들입니다."

"맛을 한번 볼까요?"

보스키가 말했다. 그는 태산이다. 표정은 여전히 정중했다. 다소 실망할 만한 요리법임에도 태도에 차별을 두지 않았다.

윤기가 나이프를 잡았다. 그런데 그 지향이 등 쪽이었다.

"……?"

심사 위원들 어깨 뒤의 이상백의 고개가 갸웃 돌아갔다. 보통은 등을 가르지 않는다. 의욕이 앞서면서 페이스를 완전히 잃어버린 걸까? 시식조차 옆길로 새니 고개를 돌려 버렸다.

마지막 기대.

그게 무너졌다고 느낄 때 짧고 굵은 탄성이 이상백의 청각을 후려쳤다.

"이 기자."

옆의 알버트가 이상백의 주의를 환기시켰다.

"배를 보세요."

그가 말하자 이상백이 고개를 빼 들었다.

"……?"

다시 윤기의 요리를 보는 순간, 이상백은 관자놀이가 시원해지는 걸 느꼈다. 윤기의 접시 위에 반전이 펼쳐지고 있었다.

빙고.

그렇게 외칠 뻔했다. 이상백은 손으로 입을 막은 채 까치발까지 들어 올렸다.

"오."

이 감탄사는 보스키의 것이었다. 등을 가르고 등뼈를 지나 가지런히 펼쳐진 윤기의 역돔 구이. 그 안의 풍경은 완전하게 달랐다.

싱그러운 초원을 가두어 둔 듯 부드럽고 향기로운 감칠맛이 터져 나온 것이다. 게다가 내장 대신 알이 들어 있었다. 흡사 역돔의 알인 양 알록알록 물든 여섯 개의 미니 감자들. 샹트렐 버섯과 방울토마토 사이에 둥지를 틀었으니 황금 거위의 배를 연상시키는 반전이었다.

"셰프?"

보스키가 윤기를 바라보았다. 백전노장, 요리의 교황으로 불리는 그조차 놀라는 표정이었다.

핑크, 노랑, 그리고 초록.

미니 감자의 색깔이었다.

이상백은 한 번 더 관자놀이를 얻어맞았다. 레이의 플레이팅과 같은 색이었다. 그제야 딸기와 단호박을 추가한 이유를 알았다. 감자에 물을 들인 것이다. 딸기로 핑크, 단호박의 초록 표면의 즙으로 녹색, 속살로 노랑······.

레이에게 가하는 통렬한 한 방이었다. 레이는 포인트를 과시했지만 윤기는 속으로 숨겼다. 그래서 더 극적이었다.

빙고.

이상백의 피가 뜨거워지기 시작했다.

"내장을 제거한 자리에 가니쉬를 넣어 역돔의 형체를 유지하고 맛을 입혔군요?"

보스키가 물었다.

"그렇습니다."

"이 상쾌한 향신료의 정체는 뭐죠? 앞선 셰프들하고는 계열이 다르군요."

"죄송하지만 향신료는 일절 쓰지 않았습니다."

"향신료를 안 썼다고요?"

지켜보던 론디메가 물었다.

"그럼 이 향미를 어떻게?"

그의 질문이 꼬리를 문다.

"샹트렐 버섯과 메이플시럽의 향입니다."

"버섯과 메이플시럽? 아."

보스키가 무릎을 쳤다. 조금 늦게 생각이 났다. 나이가 들면 그랬다. 뭐든 반응이 느려지는 것이다.

"샹트렐은 나무와 과일 향이 납니다. 메이플시럽 역시 이른 봄의 것을 쓰면 부드럽고 상쾌한 향이 나지요. 다만 봄 시즌이 깊어 갈 때 채취한 것은 약간의 버터 향이 나는데 마침 그것도 비치되었기에 미량을 더했습니다. 이건 조금만 더 들어가도 쓴맛으로 변하거든요. 그 향들이 역돔의 배 속에서 뭉긋하게 익어가면서 농축된 결과입니다."

"그걸 구분하려면 메이플시럽에 애정이 가득해야 하는데?"

"식재료에 대한 애정은 자신 있습니다."

"버섯과 메이플시럽의 조화라?"

보스키 뒤 쪽의 론디메가 웃었다.

"한 가지가 더 있기는 합니다."

윤기가 여운을 남겼다.

"뭘까요?"

"너도밤나무숯이죠. 이 불김을 입히면 맛이 깊어지거든요. 만
능 향신료 하리사나 레몬 소금처럼 말입니다."

윤기의 설명이 나오자 레이의 눈빛이 격하게 흔들렸다. 향신료
를 잘 쓰는 셰프는 S급이다. 그러나 향신료 없이 같은 맛을 내면
SSS급이 되는 것이다.

"아까 보스키 님도 물었지만 향신료를 빠짐없이 갖춰 놓았는
데 왜 소금만 고집했을까요? 그것도 고급 소금을 제치고 천일염
으로?"

론디메의 질문이 이어졌다.

"소금만 쓴 건 아닙니다만."

"아니라고요?"

"불도 썼습니다."

"……?"

"불은 그 어떤 향신료도 뛰어넘게 하는 최초이자 최후의 마술
아닌가요?"

윤기가 되묻자 보스키의 눈 속에 애잔한 파문이 번져 갔다.

요리는 불의 마술.

보스키가 한 말이다. 그러나 이렇게 풀어서 말한 적은 딱 한
번밖에 없었다. 그걸 기억하는 걸까? 론디메 옆에서 경청하던 그

의 눈 속에 회상의 파도가 일었다.

"안드레아 셰프의 요리를 공부했다고 들었습니다."

론디메의 질문이 이어졌다.

"그렇습니다."

"나도 안드레아를 잘 압니다. 그를 잘 아는 사람에게 귀에 못이 박히도록 들었거든요."

"……."

"다시 소금으로 갈까요? 왜 소금이었나요?"

"소금은 모든 맛을 좌우하기 때문이죠. 소금이 없다면 채소 요리는 생기를 잃고, 햄은 향기가 나지 않을 겁니다. 더불어 다른 맛들을 강화시켜 주죠. 그 어떤 기적의 향신료 못지않게 말입니다."

"……."

"그럼에도 그 자신은 녹아 버려 자신을 드러내지 않습니다. 적당하게 들어간 소금은 어떤 미식가도 감지하지 못합니다. 더구나 이 장소는 순박한 사람들과 원초적인 향기 가득한 재래시장 근처. 요리란 분위기까지 살려야 하는 것이니 가장 단순한 양념으로 맛을 살려 보았습니다."

"그 결단에 무운을 빕니다."

론디메가 질문을 끝냈다. 이어 시식 준비에 들어갔다. 첫 타깃은 역돔의 살점이었다.

"오옷."

심사 위원들의 반응은 경쾌했다. 풍미와 소금의 시간차 공격 때문이었다. 나무향과 과일, 꽃향의 풍미는 이미 후각으로 알고 있었다. 하지만 소금의 진가는 살점이 입에 들어간 후에야 감지되었다. 첫맛은 살짝 짭쪼름했다. 소금덩어리가 된 껍데기를 걸어 냈으니 표면의 살은 소금기가 제대로였다. 몇 번 씹으면서 맛이 변했다. 속살로 갈수록 소금 맛이 아련해진 것이다.

"살 한 점으로 전채와 메인을 동시에 구현했군요?"

보스키의 평가였다. 가스파르와 스잔나, 론디메도 미소로 화답했다. 윤기의 역돔은 분명 그랬다. 연회의 요리를 보자면 처음 나오는 것들은 살짝 짠맛과 신맛을 강조한다. 그러다 메인으로 가면서 싱겁게 바뀐다. 이유는 간단하다. 전채가 싱거우면 만족도가 떨어진다. 처음 음식을 먹기 시작할 때 우리 몸이 짠 것을 요구하기 때문이었다.

"마무리는 감자로 해 주시면 고맙겠습니다."

윤기의 첨언이었다.

"……!"

미니 감자를 맛본 보스키가 또 한 번 흔들렸다.

"이 감자… 역돔이 빚어 낸 진주로군요."

보스키의 감상이었다. 각종 미네랄이 풍부한 천일염의 향을 맞으며 안으로 고여 든 역돔의 풍미, 나아가 배 속을 채운 레몬그라스와 로즈마리, 샹트렐 버섯, 메이플시럽 등이 뿜어낸 아련한 향. 그 둘이 오랜 시간 조화를 이루며 스며들었으니 단순한 감자 한 알로 평가될 일이 아니었다.

겉보기에는 굵은 소금을 뿌린 것에 불과하던 윤기의 요리. 심사 위원들과 VIP들의 시식이 끝나자 평가가 달라졌다.

"이거, 심상치 않은데요?"

베르나르가 이상백을 바라보았다.

"송 셰프 아닙니까?"

이상백의 목소리에 힘이 들어갔다. 기적 같은 반전이 일어났다. 이렇게 되면 한번 해 볼 만했다.

"이것으로 심사를 마치고 결과를 발표하겠습니다."

심사 위원들이 상의를 하는 동안 진행자의 멘트가 나왔다. 레이의 표정은 잔뜩 구겨져 있었다. 그렇다고 절망까지는 아니었다. 막판에 분위기가 바뀌었지만 그의 요리는 흠잡을 데가 없었다.

10여 분이 지나자 심사 위원장을 맡은 스잔느가 채점표를 진행자에게 넘겼다.

"결과가 나왔군요. 식사 시간이 다가오니 발표를 하겠습니다."

진행자가 채점표를 바라보자 모두가 숨을 죽였다.

"먼저 1조."

기예르모와 앤더슨의 대결이다. 첨단 분자요리와 고아한 역돔 갈비의 경쟁이었으니 윤기도 결과에 귀를 기울였다.

"시작부터 팽팽했네요. 심사 위원 3 대 2, 점수는 고작 1점 차이로 희비가 엇갈립니다."

진행자가 두 셰프를 바라본다. 두 셰프는 악수를 나누며 긴장을 달랬다.

"1조의 승자 스페인의 기예르모 셰프, 94점으로 1점 차 신승을 거두며 오후 최종전에 선착합니다."

"와아."

여기저기서 탄성이 터져 나왔다. 94점이면 엄청난 고득점이었다. 누구 하나 떨어뜨리기 아까운 능력자들. 신은 기예르모의 손을 들어 주었다.

"다음은 2조입니다. 여기 결과는 4 대 1, 무려 96점을 획득한 부탄의 체링 셰프입니다."

체링의 압승이었다.

96점.

거의 기록적인 점수가 나왔다.

윤기는 이해가 갔다. 음베키의 방광요리는 기발했지만 냄새에서 밀렸다. 역돔의 흙내를 잡았음에도 방광에 남은 미세한 냄새가 가열을 받으면서 요리에 영향을 미쳤다. 반면 체링의 커플 요리는 심사 위원들의 마음을 흘렸다. 하나하나 살려 놓은 비늘도 그렇지만 소스 위에 그린 수컷 그림과 그 의미가 압권이었다.

혼의 요리.

어떻게 반하지 않을 것인가?

이제 윤기 차례가 되었다.

"마지막 3조의 결과입니다. 참고로 3조의 심사에서는 가스파르 위원께서 빠졌습니다. 이유는 송윤기 셰프가 그의 추천을 받았기 때문입니다. 그런데 공교롭게도 심사 위원 2 대 2에 점수까지도 동점이 나왔습니다."

동점.

이상백의 눈자위가 과격하게 구겨졌다. 일본 셰프 레이의 눈은 더 그랬다.

"이런 경우는 규정상 이 대회의 운영자 보스키 님께서 캐스팅

보트를 행사하게 됩니다. 셰프님."

진행자가 지명하자 보스키가 시선을 들었다.

한때는 그 자신의 레스토랑에서 함께 요리 연구를 했던 레이.

그 옆에는 불과 소금의 매력을 제대로 보여 준 신예 셰프 윤기.

"이런 상황은 원하지 않지만 내 선택은……."

운명을 가를, 보스키의 입이 천천히 열리기 시작했다.

제2장

—

황금보스키상

　보스키의 시선은 일본 셰프 레이에게 머물렀다.

　두근.

　이상백의 심장이 폭주하기 시작했다. 손은 결국 안으로 굽는 건가? 보스키와 레이의 인연이 마음에 걸렸다. 레이의 태도는 요리만큼이나 우뚝해졌다. 예감을 느꼈는지 자신만만한 표정이었다.

　이상백의 시선이 윤기에게 옮겨 간다. 윤기는… 레이보다도 더 담담해 보였다.

　'미치겠네.'

　이상백의 심정이었다. 그런 마음을 알 리 없는 보스키. 한 호흡을 더 고른 후에야 발음을 토했다.

　"굉장히 어렵군요."

그의 첫마디였다.

"그래서 행복합니다."

"……."

모두가 숨을 죽인다.

"최고의 겉과 최고의 속을 만들어 낸 두 셰프. 이렇게 영광된 선택은 황금보스키상에서도 자주 나오는 풍경이 아닙니다."

"……."

"동점을 줘서 오후 결선에서 다시 겨루게 할까도 생각했지만 그건 1조와 2조의 셰프들에게 반칙이 되는 셈."

"……."

"탈락하는 한 셰프는 이걸 알아주시기 바랍니다. 당신도 충분히 오후 결선에 나갈 수 있는 실력이었다는 것."

"……."

"제 선택은……."

보스키가 손을 들었다. 손가락이 한 사람을 가리켰다.

"으아악."

비명은 이상백이 질렀다. 보스키의 손이 윤기를 가리킨 것이다.

"송윤기 셰프입니다."

보스키의 선언은 천둥처럼 또렷했다. 패자 레이가 윤기를 품어 주었다. 윤기도 기꺼이 응했다.

"송윤기 셰프님."

레이가 말했다.

"네."

"꼭 황금보스키상을 먹으세요."

레이의 당부는 진솔했다. 경쟁이 끝나자 한 사람의 셰프로 돌아간 것이다.

진행자가 발표한 윤기의 점수는 95점. 세 명의 결선 진출자 중에서 중간이었다. 세 셰프가 받은 점수는 다른 해보다 월등하게 높은 편에 속했다.

"이것으로 오전 경연을 마칩니다. 1시간 30분의 식사 후에 오후 최종 결선을 시작합니다. 참고로 오늘 점심은 폴 보스키 님께서 여러 제자들과 함께 손수 마련하셨습니다."

진행자가 뒤편을 가리켰다. 대회 관계자들이 펼치는 파라솔이 한눈에 들어왔다. 대회가 시작되면서 슬쩍 사라졌던 보스키. 손수 런치를 준비한 모양이었다.

"런치 메뉴는 저 유명한 검은 송로버섯 수프와 쇠고기 안심 로시니, 디저트로는 계란 흰자와 커스터드 소스를 이용한 머랭입니다. 참고로 이 런치는 조금 전에 잠시 멈췄다가 달려간 기차 객실을 빌려 만들었음을 밝혀 드립니다."

기차에서 만든 보스키의 요리.

동시에 그의 대표작들.

그래서 기차가 잠시 정차를 했던 것.

윤기는 알 것 같았다.

보스키⋯⋯.

그는 자신의 운명이 머지않았음을 예지하고 있었다.

"축하합니다."

탈락한 앤더슨의 인사가 건너왔다.

"제가 운이 좋았군요. 앤더슨 셰프와 붙었으면 탈락했을 겁니다."

"내가 할 말입니다. 당신과 붙었으면 기절했을 거예요. 드러내는 요리는 익숙하지만 감추는 요리는 처음이거든요."

"아뇨, 역돔갈비라니… 정말 기절할 뻔했던 참신성이었습니다."

"실은 방콕으로 날아올 때 당신 이야기를 들었어요. 알버트 기자와 함께 왔거든요."

"그래요?"

"알버트가 당신을 조심하라고 하더군요. 해서 의식은 했는데 직접 보면서 경각심을 잊어버렸어요. 너무 어려서 말이죠."

"나이야 노력하지 않아도 먹게 되는 거니까요."

"내가 그걸 몰랐습니다. 당신의 역돔 배 속에서 천국의 화원 같은 그림이 나오는 순간에야 알았습니다. 내 라이벌이었던 기예르모 셰프의 요리도 뛰어났지만 나는 당신과 체링의 요리가 더 감동이었습니다."

"저도 체링 셰프의 요리에서 느끼는 게 많았습니다."

윤기도 공감이었다. 윤기가 인간의 본질에 다가서는 요리를 만들었다면 체링의 요리는 신의 본질에 가까운 요리일 수도 있었다.

"송 셰프."

이상백이 다가왔다. 보스키의 요리를 받아 든 그는 10년은 늙어 보였다.

"체했어요?"

윤기가 물었다.

"안 체하고 배겨요? 송 셰프가 탈락하는 줄 알았다고요."

"그럴 수는 없죠. 제가 황금보스키상을 품어야 할 이유가 백만 가지도 넘거든요."

"이러다 내 심장이 백만 번은 마비되겠네."

"많이 드세요. 보스키 셰프의 대표작들… 아마 다시 맛보기는 힘들 것 같네요."

윤기가 보스키를 바라보았다. 태국 왕실 대표와 함께 수프를 먹고 있다. 먹는 것만 봐도 알 수 있다. 죽음의 그림자는 그에게 가까웠다.

[화무십일홍]

그 말이 보스키에게 겹친다. 그 위로 오미, 칠미의 축복이 쏟아져 내린다. 보스키는 향기로운 사람이었다. 오직 요리를 위해 살았고 후진 양성에도 전력을 기했다. 나아가 세계 요리의 균형적 발전을 위해 보스키 도르, 즉 황금보스키상을 제정해 기여해 왔다. 요리로 번 돈을 요리에 환원한 것이다.

윤기가 숙연해진다.

안드레아나 역아의 입장에서 보자면 폴 보스키의 요리 실력 자체는 부럽지 않았다. 하지만 인생의 여정은 부러웠다. 그는 요리로 선한 영향력을 넓혀 왔지만 전생들은 자신의 욕망 구현에 올인이었다. 그 강렬한 대비를 보스키에게 느끼자 또 하나의 각성이 찾아왔다.

안드레아.

폴 보스키와 끌로드 셰프의 인정을 받으면서 미식계의 총아가 되었다. 그러나 그 요리에 푸짐하게 담긴 건 과시와 오만이었다. 어쩌면⋯ 어쩌면 폴 보스키는 그걸 알고 있지 않았을까? 대가이기에 그걸 알면서도 품어 준 게 아닐까?

"여러분."

보스키가 셰프들을 향해 입을 열었다.

"제 요리가 입맛에 맞으신가요?"

"네."

음베키와 앤더슨이 답했다.

"보다시피 제가 늙어서 말이죠. 검은 송로버섯 수프의 밸런스가 안 맞을 거예요. 그렇죠?"

하필이면 그 눈빛이 윤기와 닿았다.

엘리제궁에서 대통령을 위해 만들었던 검은 송로버섯 수프.

보스키의 고백은 사실이었다. 이 수프의 핵심은 쌉쌀하면서도 개운한 뒷맛이다. 그 맛의 결이 무너졌다. 재료는 똑같이 들어갔지만 타이밍을 놓친 것이다.

"밸런스, 기가 막힌데요?"

레이가 답했다.

"아니야. 레이."

보스키가 고개를 저었다. 결국 윤기가 나섰다.

"수프의 향이 약해졌습니다. 열차 때문일까요? 윗부분을 봉인한 페이스트리도 흔들렸던 것 같습니다."

윤기가 정곡을 찔렀다. 셰프들이 일제히 윤기를 돌아보았다.

우려의 눈길이었다. 윤기의 시선은 정작 보스키와 마주하고 있었다.

"또 다른 거 없나?"

"쌉쌀한 맛이 부족하니 개운한 맛이 올라갔는데 송로버섯 때문이겠죠. 미각이 예민한 사람은 자칫 느끼하게 느낄 수 있을 것 같은데 그래도 이 정도면 보스키의 이름을 붙일 만한 요리입니다."

이번에는 직격이었다. 이제는 이상백과 기자들도 우려의 시선을 보인다. 담담한 건 오직 윤기뿐이었다.

폴 보스키.

윤기는 그를 알고 있다. 그는 괜한 칭찬이나 아부를 좋아하지 않는다. 그가 오늘의 보스키가 될 수 있었던 원동력이었다. 늙어서 마음이 변한 게 아니라면, 그는 이렇게 말할 사람이었다.

[솔직히 말해 줘서 고맙네.]

"고맙네."

실제로 그 말이 나왔다. 겸허한 인정이었다.

"죄송합니다."

윤기가 예의를 갖추었다.

"내 수프를 먹어 본 적이 있나?"

"네."

윤기가 말했다. 다행히 언제 먹었냐고는 묻지 않았다.

"그때는 몇 점이었나?"

"99점입니다."

"지금은?"

"77점 정도 됩니다."

"낙제는 면했군?"

"예."

"말하는 게 영락없이 안드레아야. 내 요리에 77점을 준 건 안드레아밖에 없었거든."

보스키가 고개를 들었다.

"……"

"그 친구, 허무하게 세상을 떠서 마음이 아팠는데 그 레시피를 제대로 익힌 셰프가 나오다니……"

"……"

"어쨌든 오후에는 조심하시게. 여기서는 77점을 받으면 탈락이니까."

보스키의 마무리였다.

"송 셰프."

식사가 끝나자 이상백이 다가왔다.

"많이 드셨습니까?"

"접시까지 싹싹 핥아먹었지요."

"……"

"그런데 너무 오버한 거 아닙니까? 보스키의 신경을 건드려서 좋을 거 없을 텐데……"

"보스키는 그렇게 속 좁은 사람이 아닙니다."

"혹시 두 사람이 원래 아는 사이입니까?"

어려운 질문이 나왔다.

"그렇기도 하고 아니기도 합니다."

"예?"

"그렇게만 알아 두세요."

"그나저나 오후 식재료는 뭐가 나올 것 같아요? 알버트와 베르나르는 양고기 아니면 거위가 나올 것 같다던데."

"기자님은요?"

"나는 송아지라고 했어요."

"또 내기 거셨나요?"

"걸어야죠."

"그럼 크게 거세요. 아마 기자님이 이길 겁니다."

"진짜 송아지 고기예요?"

"네."

윤기가 식재료 차양을 바라보았다. 굳게 가려 있지만 윤기는 알고 있었다. 사랑과 연기, 냄새는 감출 수 없다. 차양 뒤에서 풍겨 오는 건 신선한 송아지 고기 냄새였다.

"이제 진짜 마지막 과정이군요. 월드컵으로 치면 대망의 결승전이에요."

"그렇네요."

"안 떨려요?"

"평생 떨 것… 이미 다 떨었거든요."

윤기가 손목을 바라보았다. 이상백은 모르지만 윤기는 잊을 수 없는 일. 경련은 그때까지의 일로 충분했다.

"부탄의 체링 말이에요, 봤어요?"

"뭘요?"

"보스키의 요리, 수프만 먹고 바로 저러고 있어요."

이상백이 먼발치를 가리켰다. 호텔 정원의 끝이었다. 진한 분홍의 종이꽃 옆에 체링이 보였다. 명상하는 모습이었다.

"기자들에게 나온 이야기를 듣자니 티베트와 네팔의 절에서 수행요리로 시작했대요. 달라이 라마의 요리를 책임지다 유럽으로 들어가 이탈리아의 프란체스카나와 독일의 방돔 레스토랑에서 동양 요리 메뉴를 개발했다네요. 이후 다시 조국 부탄으로 돌아가 왕가의 요리와 함께 각국 대사와 그 가족들이 이용하는 음식점을 운영하고 있다고 합니다."

"대단하네요?"

"더 대단한 건 독일의 방돔에서 지분의 반을 준다고 해도 사양하고 부탄으로 돌아갔다더군요."

"그럴 만해요. 아까 그 요리에 입힌 의미들… 아무나 못 하는 거거든요."

"일어나네요."

이상백이 중얼거린다. 체링은 엉덩이에 묻은 흙조차 털지 않았다. 윤기 옆을 지나가며 해사하게 웃는다. 오직 재료만의 향으로 간을 맞춘 담백한 요리 같은 사람이었다.

"보스키 도르, 최종 결선을 시작하겠습니다. 결선 진출 셰프들께서는 지정된 조리대 앞에 서 주시기 바랍니다."

진행자의 멘트가 흘러나왔다.

이상백은 다만 주먹을 불끈 쥐어 보였다. 무슨 말이든 윤기에게 부담이 될 것을 알기 때문이었다.

"올 데까지 왔잖아요? 이제 편안하게 보세요."

윤기의 응답이었다.

조리대는 어느새 3개로 줄어 있었다. 윤기의 자리는 이번에도 끝이었다. 기예르모와 체링, 그리고 윤기의 순서였다. 심사 위원과 보스키도 자리를 잡았다. 기자들의 카메라가 다시 바빠진다.

"보스키 도르 최종 결선을 시작합니다. 규정은 오전과 같습니다. 잠시 후 지나가는 기차 다음에 돌아오는 기차 타임에서 마감합니다."

진행자의 볼륨이 올라간다. 목소리의 끝을 물고 기차가 들어왔다. 상인과 관광객들이 안전 거리로 물러선다. 다른 변화는 없다.

"그럼 결선의 식재료를 공개합니다."

진행자의 선언과 함께 차양이 좌우로 걷혔다.

"송아지야."

알버트가 중얼거렸다. 차양 뒤에 마련된 냉장 박스 안에서 드러난 건 갓 잡은 송아지 고기였다. 내장부터 골까지, 한 마리가 통째로 누워 있다.

"오, 이 기자."

알버트와 베르나르가 이상백에게 존경의 시선을 보낸다.

"크흠."

이상백은 목에 힘을 주며 여유를 부렸다.

송아지 고기는 두 부류로 나뉜다. 오래 익혀야 하는 것과 빨리 익는 부위. 전자는 목심과 부채살, 어깨살과 정강이살 등이고 후자는 등심과 채끝 등심, 안심과 사태 등이 속한다. 그러나 수비드 조리법 이후로는 구분에 큰 의미가 없었다.

"시작하세요."

진행자가 개시를 알렸다.

분자요리의 능력자 기예르모.

이번에도 분자요리를 선보일까?

혼의 요리까지 선보인 체링.

이번에는 신선의 식탁을 만들지도 모른다.

두 셰프가 재료를 취하기 시작한다. 기예르모는 안심을 잘랐다. 체링은 살치살을 베어 낸다. 윤기는 어깨살과 양지, 꼬리도 일부 선택을 했다.

[어깨살 & 양지 & 꼬리]

어깨살은 구워도 좋고 스튜도 좋고 소테도 좋다. 그런데… 그 다음에 윤기가 챙긴 식재료가 난해했다.

[시금치, 안초비]

시금치와 안초비, 도무지 그림이 되지 않았다. 안초비는 멸치 젓에 가깝다. 설명하자면 가깝다는 거지 용도는 다르다. 안초비와 최적의 궁합은 빵이다. 샐러드나 파스타 소스도 괜찮다. 조금 더 발전하면 화이트와인의 안주로도 쓸 만하다.

하지만 식재료는 송아지의 어깨살…….

'송 셰프, 대체…….'

이상백의 머리에 지진이 일어나기 시작했다.

*   *   *

3파전.

2파전과 크게 달랐다. 2파전일 때는 한 사람만 견제하면 되었다. 그보다 뛰어나면 되는 것이다. 그러나 3파전은 양상이 달라진다. 견제나 비교도 어려워진다. 둘을 다 견제하다 보면 죽도 밥도 아닌 요리가 될 수 있었다.

최고의 요리.

무조건 그걸 만들어야 했다.

그렇다면 어떤 것이 최고의 요리일까? 더구나 세계 최고 수준의 보스키 도르 결승전에서.

심사 위원들을 바라보았다. 판결권을 손에 쥔 사람들이다. 무수한 요리 대회를 심사한 경력자들. 그 무수한 셰프들이 만든 궁극의 요리는 무엇이었을까? 지난 대회에서 황금보스키상을 받은 요리들은 다 알고 있다. 에르베 덕분이었다.

윤기의 시선이 보스키에게서 멈췄다. 한 생을 요리로 풍미한 사람. 이제 그 생명이 지고 있다. 답은 그가 말한 적이 있었다. 최고의 셰프들이 마지막에 먹고 싶어 하던 단 하나의 요리.

'결정.'

윤기가 결단을 내렸다.

스타트는 기예르모가 빨랐다. 안심을 다듬기 무섭게 마리네이드를 하고 수비드 수조에 넣었다. 일부는 페이스트로 만들어 급속 냉동고에 안치한다. 다음으로 관자 둘을 손질해 얇은 포로 뜨더니 숯불을 입히고는 햇빛 아래 널었다.

다음은 단밤과 채소였다. 단밤 선택은 신중했다. 하나하나 맛을 본 후에 선택한다. 기준은 찰기였다. 이어 알맹이와 속껍질로 분리했다. 속껍질은 200도의 오븐에서 노릇하게 익혀 냈다.

채소는 병아리콩이 시작이었다. 상큼하게 삶아 내더니 슬라이스한 모렐버섯, 아티초크, 아스파라거스에 버터를 넣고 소테를 만들었다. 모렐 버섯은 버섯대가 극단적으로 짧았다. 이게 길면 풍미가 떨어지기 때문이다. 그는 외양만 화려하지 않았다. 식재료의 특성을 다 파악하고 있었다.

그것들을 푸드 프로세서에 넣고 돌리니 퓌레가 되었다. 마무리에 쓸 버터와 후추 등은 따로 준비가 되었다.

이어 분자요리 기구를 정렬한다. 카라기난과 레시틴이 조리대에 놓인다.

"육류 요리의 왕, 스테이크로 가려나 본데요?"

기자석의 베르나르가 중얼거렸다.

"그냥 스테이크가 아니라 분자요리 스테이크죠. 안심이 수비드가 되고 있어요."

알버트가 추임새를 넣었다.

"일부는 페이스트가 되었죠. 하나는 굽고 하나는 갈아 버린다?"

"카라기난은 가니튀르용이겠죠?"

이상백도 대화에 들어갔다.

"그럴 것 같은데요? 관자를 말리고 있잖아요?"

베르나르의 시선은 햇빛 속의 관자에 있었다.

"페이스트 넣을 때 꼬마 장미도 두 개 들어갔어요. 가니쉬는 그게 맡을 것 같네요."

알버트의 견해였다. 위치상 그가 기예르모의 동선과 가까웠다.

"소스는 밤 퓌레와 채소 퓌레가 될 모양이네요."

이상백도 요리 조예를 마음껏 펼쳤다.

[분자요리 안심 스테이크]

그게 나올 확률이 높지만 아직은 뭐라 판단하기 어려웠다.

체링은 도마 위의 살치살을 보고 있었다. 가만히 눈까지 감는다. 살치살의 혼과 교감하는 걸까? 살치살은 근육을 따라 자연스럽게 절단이 되었다. 마블링의 결이 고우니 광택까지 아른거린다. 교감을 마친 그가 다른 부위를 꺼내 놓았다. 껍데기와 기름 덩어리, 그리고 힘줄이었다. 우아한 살치살과는 도무지 어울리지 않는 허드레 부위들. 그것과도 교감을 나누더니 다음 식재료를 당겨 놓았다.

세 가지 녹차였다.

녹차는 세 개의 끓는 물로 따로 들어갔다. 넣었다 건지는 시간은 서로 달랐다. 처음 것은 30초가 지나기 무섭게 건져 내더니 다음 것은 1분 이상, 마지막 것은 3분이 지난 다음에 건졌다. 그 세 가지 녹차 물을 한군데로 모으더니 새로운 녹차 3종을 그

물에 털어 넣었다. 양은 굉장히 많았다.

"뭐죠?"

알버트가 이상백을 바라보았다. 녹차는 아무래도 동양인에게 가깝기 때문이었다.

"녹차 잎이 조금씩 달라요. 그럼 맛이 다를 테니 맛의 균질화 작업을 하는 건가 본데요?"

"그런데 왜 다시 녹차 잎을 재우는 걸까요?"

"글쎄요."

이상백도 알 수 없었다. 물을 끓일 때는 그 물을 쓸 줄 알았다. 그런데 그게 아니었다.

다른 재료로는 무화과와 유자가 눈에 띄었다. 아직은 손을 대지 않고 있었다.

체링도 소스를 만든다. 리큐어와 레드와인, 블루베리 식초와 라즈베리잼이 동원된다. 구성으로 보아 달콤한 산미가 나올 것 같았다.

"감이 안 오네?"

알버트가 고개를 저었다. 애매하기는 이상백도 마찬가지였다. 녹차를 3가지나 동원한 것으로 보아 녹차가 핵심인 것만은 틀림없었다.

'그렇다면 송 셰프는?'

이상백의 시선이 윤기에게 건너갔다.

윤기의 압력솥은 벌써 수증기를 뿜고 있었다. 도마를 보니 양지와 꼬리가 보이지 않는다. 그것들부터 때려 넣은 모양이었다.

'송 셰프도 분자요리?'

그런 실력은 차고 넘치는 윤기였다. 이상백은 그걸 바라기도 했다. 현대요리의 총아로 불리는 분자요리로 기예르모는 물론 체링까지 잡았으면 하는 마음이었다.

하지만 아니었다. 윤기의 조리대 위에는 분자요리 도구가 일절 보이지 않았다.

불협화음처럼 불안감을 주는 안초비는 올리브오일에 재워져 있다. 그러고 보니 준비된 올리브오일 양이 무척이나 많았다. 참기름도 보였다.

"올리브오일로 튀기려는 걸까요?"

베르나르 옆의 히로토가 중얼거렸다. 아무리 들어도 빈정이었다.

"아닐 것 같은데요?"

이상백의 답도 퉁명스러웠다.

재료의 일부인 양지는 압력솥에서 익어 간다. 하지만 어깨살은 다른 과정으로 들어갔다. 일반적인 마리네이드가 아니었다. 칼집을 내더니 올리브에 재운 안초비와 마늘, 후추알, 로즈마리 등을 찔러 넣는다. 그런 다음 오래된 대나무껍질로 돌돌 감아 진공상태로 마무리를 했다.

"아무래도 튀기려나 봅니다."

알버트가 이상백을 어깨를 건드렸다. 윤기가 올리브유 뚜껑을 따고 있었다. 투하 목적지는 튀김기가 아니었다. 저온 조리기였다. 그 안에다 무려 다섯 병을 퍼부어 버린 것이다. 저온 조리기의 온도는 58℃ 세팅.

"헐."

히로토가 코웃음을 친다.

"……."

이상백은 반박하지 못했다. 지켜보느라 그런 데 신경 쓸 여지가 없었다.

윤기의 손에는 칼이 두 개 들렸다. 마리네이드가 끝난 어깨살. 그 위로 칼의 연주가 시작되었다.

다다닷.

다다다.

가벼운 소나타로 시작된 리듬은 포근한 선율로 변해 갔다. 심사 위원과 VIP들의 시선이 집중된다.

"이건 베토벤 바가텔 가단조 엘리제를 위하여예요."

베르나르가 눈을 감는다. 이상백의 귀에도 그렇게 들렸다. 윤기의 칼질이 만들어 내는 연주었다. 엄마 품에 안긴 것처럼 포근했다.

심사석의 가스파르가 조용히 웃었다. 두 명의 절정 셰프를 옆에 두고 연주하는 윤기의 칼질. 참관자들의 귀를 즐겁게 만들고 있었다.

체링이 장단을 맞추기 시작한다. 힘줄을 놓고 다져대는 것이다. 기예르모도 가세한다. 그는 낮은 선율로 보조를 맞췄다. 생강 바늘 썰기였다. 기예르모의 칼이 음을 찍을 때마다 생강은 황금빛 실로 변해 갔다.

짝짝짝,

박수가 쏟아졌다.

윤기는 무아지경이었다. 절정을 향해 달려가는 윤기의 칼질.

그 결과물은 촉촉한 핑크였다. 살결을 따라 가지런한 다짐을 받은 어깨살. 어느새 고운 핑크빛 눈송이로 변해 있었다.

라이언 헤드.

삼겹살을 곤죽 상태로 만들어 내는 요리. 그보다도 더 섬세한 다지기였다.

잠시 팔목의 긴장을 푼 윤기. 다짐육을 마른 도마로 옮기더니 얇게 펼친 후에 손바닥으로 굴렸다. 그 결과물들은 콩알만 한 핑크 캐비어로 변해 갔다.

"캐비어가 나오고 있습니다."

알버트가 중얼거렸다. 그의 시선이 기예르모에게로 옮겨 갔다. 기예르모가 만드는 분자요리의 구체화 기법. 그걸 맨손으로 구현하는 윤기였다.

'보석국수?'

이상백의 머리는 점점 더 혼란스러워졌다. 비행기에서 들은 황 셰프의 요리였다. 김혜주와 먹으며 감동을 받았다던 그 국수 아이디어의 차용. 현재까지로 보면 그쪽에 가까웠다.

'젠장.'

이상백의 표정근이 뒤틀린다. 육즙 가두기도 좋고 보석국수도 좋았다. 하지만 여전히 불만스러웠다. 조리대에 준비된 양파부터 그랬다. 고급진 에샬롯을 써도 좋으려만 가장 흔한 재료들… 버섯도 마찬가지다. 트러플부터 송이버섯까지 준비되었지만 그 잘난 양송이를 확보한 윤기였다. 옆으로는 황근대와 적근대가 세 장씩 놓였다. 그 또한 평범하고 평범한 채소였다.

그러거나 말거나 윤기는 여전히 담담했다. 수많은 핑크빛 캐비어들이 팬으로 들어갔다. 버터 속에서 고소한 맛을 입는다. 그 과정을 겪고 나온 캐비어는 황금빛으로 변신을 했다.

꼴꼴.

고기를 볶고 난 육수에 레드와인이 들어간다. 자작하게 졸여 낸 팬에 다진 양파와 양송이 등이 투하된다. 의문의 시금치는 그다음이었다. 두 개의 반죽, 그중 하나에 시금치를 사용했다. 밀가루는 손으로 정성껏 으깬 후에야 고운 체에 내렸다.

'크레이프······.'

시금치는 크레이프용이었다. 타임과 오레가노, 마늘에 베이컨 파우더가 나오고서야 알게 되었다. 이 또한 평범하디평범한 것들뿐이었다.

'아차.'

그제야 시금치의 용도가 스쳐 갔다. 시금치는 소고기와 잘 어울린다. 연한 떫은 맛이 풍미를 올리고 감칠맛을 상승시킨다. 고기 속 지방 맛을 자극하기 때문이었다.

"쿨리비악이네요, 틀림없어요."

베르나르가 이상백보다 먼저 감을 잡았다.

"쿨리비악?"

이상백의 머리에도 불이 들어왔다.

"소를 싸서 굽는 파이죠. 반죽을 생선 모양으로 잡았잖아요? 일반적인 가정에서 많이 쓰는 전통적인 기법이에요."

베르나르의 설명이 이어진다.

윤기의 손은 메밀 카샤를 만들고 있었다. 올리브에 재워 둔 걸 고온의 참기름으로 튀겨 낸다. 그때부터 쿨리비악의 실체가 보이기 시작했다. 포근하고 소박한 물고기 형태의 반죽. 어느 틈에 어깨살 캐비어를 비롯한 속을 집어넣더니 오븐으로 직행하고 있었다.

이상백이 뒤를 돌아보았다. 기차가 들어올 시간이 가까웠다. 하지만 철길은 보이지 않았다. 호텔 앞에 몰려든 사람들 때문이었다. 수백 명이다. 그들에게는 놓칠 수 없는 볼거리가 아닐 수 없었다. 보스키가 참관을 허락해 주었다. 보안 요원들이 가드 라인을 치우자 관광객과 현지인들이 밀려들었다. 그들은 VIP 라인 뒤에 자리를 잡았다.

빠아앙.

기적이 울린다. 그것은 곧 황금보스키상의 주인을 가릴 시간이라는 신호이기도 했다.

기예르모의 요리가 실체를 보이기 시작했다. 그의 승부구는 간장으로 만든 카라기난이었다. 원통 모양으로 구워 낸 안심 스테이크가 넓은 카라기난 위에 올라간다. 김밥처럼 말더니 한 입 크기로 잘라 냈다. 그것만으로 스테이크가 업그레이드되었다. 스테이크의 황금빛이 중층을 이루니 품격이 더해진 것.

그 위로 밤 퓌레와 채소 퓌레가 차례차례 올라갔다. 밤 퓌레는 황금빛, 채소는 우아한 초록. 라스트는 간장 캐비어를 옮겨 마감을 했다.

요리는 타원형의 접시에 플레이팅이 되었다. 메인 뒤로 세팅된 분자요리 기법의 장미가 압권이었다. 아티초크의 하트를 펼쳐 장미를 연출한 것. 푸른 잎을 대신한 완두콩 거품 또한 신의 한 수가 아닐 수 없었다. 옆에 다소곳한 가니튀르는 아이스크림 한 덩어리. 그것도 결코 평범하지 않았다.

분자요리의 절정.

그걸 접시 위에 구현하는 기예르모였다.

[두 퓌레에 간장 캐비어를 올린 카라기난 안심 스테이크 분자
요리]

"카라기난의 궁극이군. 대개는 가니튀르에 쓰는데 메인에 적
용해 놓았어."

"그러게요. 스테이크의 품격을 몇 단계 높여 버렸습니다."

알버트와 베르나르가 혀를 내둘렀다.

"그런데 바늘 썰기 한 생강은 어디로 간 거죠?"

"그러게요? 단순히 송 셰프의 박자에 보조를 맞췄던 걸까요?"

두 기자의 궁금증은 오래가지 않았다. 체링의 요리가 나온 것
이다.

"선계의 요리 같아."

관람객 중의 누군가가 소리쳤다. 진심으로 그랬다. 로즈마리
와 투박하게 구워 낸 아스파라거스를 깔고 올려놓은 살치살구
이 세 덩어리. 근육의 결이 아직도 살아 있었다. 차마 신이 구워
서 담아 놓은 포스라고 봐도 될 정도였다.

색감은 우아한 황금빛이었다. 자체 발광이라고 해도 무리가
아니었다. 마무리는 밀짚과 목초. 자연의 맛을 입힌 불맛 코팅이
었다. 그러나 그것만으로 이런 색감이 날 리 없었다.

"불의 신이네요, 신."

조리 과정 동영상을 돌려보던 알버트가 중얼거렸다. 확대 화면 속에 비결이 있었다.

"밀짚 불을 보세요. 잡내를 태우고 불맛을 입히는 것만이 목적이 아니에요. 살치살의 섬유에 직각으로 화력을 주고 있잖아요. 이렇게 되면 시어링에 더불어 내부 육즙 통로가 열려 육즙이 고르게 분포된다고 들었어요."

알버트의 설명은 비명에 가까웠다.

그 위로 한 줄기 축복처럼 소스가 끼얹어져 있다. 소스 위를 장식한 초록은 녹차의 잎으로 보였다. 단순하지만 초월적인 느낌, 그 자체였다.

가니쉬로 나온 건 꿀을 발라 구운 무화과. 반으로 잘라 중간에 칼집을 넣고, 따로 구운 유자 한쪽을 끼워 놓았다. 그 위에 뿌려진 그린 올리브 조각들조차 미치도록 자연스러웠다.

다소 질박해 보이지만 장엄함이 담긴 체링의 요리. 그러나 모두의 주목을 끈 건 외향이 아니라 스테이크의 향이었다. 훈제구이였다. 요리 과정 중에 훈제를 한 적은 없었다. 그럼에도 그의 요리에서는 신의 향기와 같은 허브 냄새가 후각을 압도하고 있었다. 도무지 참을 수 없는 이 유혹……

체링이 그 의문을 직접 밝혔다.

"3종 녹차 향을 이중으로 입힌 살치살 훈제입니다."

[3종 녹차 살치살 훈제구이]

체링다운 승부수였다. 기예르모가 과학의 힘으로 달리는 동안 그는 자연의 힘으로 맞섰다. 처음에 끓여 대던 3종의 허브. 그 물에 다시 재운 허브를 건조기에 말려 두툼한 팬을 이용해 녹차 훈제를 시켜 버린 것. 기예르모가 풍기는 과학의 향은 초월적인 허브 향에 빛이 바랬다.

이제 남은 건 윤기의 요리.

모두의 시선이 마지막 조리대로 향했다.

"……."

이상백의 눈자위가 살포시 구겨졌다. 윤기의 접시에는 고기가 보이지 않았다. 그걸 대신한 건 고소하게 구워진 쿨리비악이었다.

쿨리비악.

결국 그 길로 간 윤기였다.

푸짐한 잉어 사이즈의 쿨리비악 두 마리. 허리춤에 세 가지 리본을 묶었다. 시금치 줄기와 노란 근대, 빨간 근대의 줄기를 삶아 포인트를 준 것. 그 중심에 식용 카네이션 한 송이가 놓였다.

그 위에 눈처럼 희고 솜처럼 폭신한 소스가 내려앉았다. 오븐에서 갓 나온 쿨리비악이었으니 따끈한 김이 모락모락 숨을 쉰다.

가니쉬는 앙증맞은 호박머랭과 주키니 호박꽃 튀김이었다. 진한 노랑의 머랭 뒤로 투명한 바닐라칩을 정답게 둘렀다. 후 불면 날아갈 듯 얇은 칩이었다.

"엄마."

긴장의 순간, 한 소녀가 자기 어머니를 돌아보았다. 소녀가 군침을 삼킨다. 어디선가 본 듯한 이 비주얼. 그것의 이름은 '엄마'라는 단어와 제대로 맞아떨어졌다. 어떻게 보면 체링 요리의 하위 버전처럼 보이기도 하는 윤기의 작품. 미묘하게 구분이 되었다. 체링의 것이 신의 테이블에 어울린다면 윤기의 것은 평범한 가정집에서 정성껏 차린 요리에 가까웠다.

"……"

이상백은 숨을 고르고 있었다. 오전의 전과 때문이었다. 그때도 이상백은 절망에 가까웠다. 그걸 뒤집은 게 역돔의 배 속이었다. 다행히 이번 요리도 속에 뭔가가 들었다. 하지만 이번에는 다이아몬드 정도는 나와 줘야 할 것 같았다.

"쿨리비악입니까?"

요리 앞의 바르텔로메오가 물었다.

"그렇게 볼 수 있지만 다른 이름을 붙여도 됩니다."

윤기가 답했다.

"어떤 이름이죠?"

"피타로 부르셔도 됩니다. 다만 그 앞에 수식을 달아야 하니 3중 쿨리비악, 혹은 3중 피타가 되겠습니다."

"반죽을 세 겹 썼다는 말인가요?"

"그렇습니다. 3색의 리본처럼요."

"그럼 왜 잘라 놓지 않았죠?"

"심사 때 자르는 게 제 요리의 포인트이기 때문입니다."

"잘라 보세요."

듣고 있던 스잔느가 정리를 해 버렸다.

윤기가 나이프를 들었다.

사각.

부드러운 속삭임과 함께 쿨리비악이 속살을 드러냈다.

"아!"

심사 위원들이 소스라쳤다. 세 가지 이유가 있었으니 하나는 윤기가 말한 3중 구조였고, 또 하나는 폭발적으로 밀려 나온 풍미 때문이었다. 마지막 하나는… 안에서 엿보이는 두 종류의 캐비어였다. 어깨살을 굴려 캐비어를 만든 윤기, 다른 또 하나는 바로 볶은 후에 튀겨 넣은 통메밀이었다. 통메밀의 비율은 낮았지만 오히려 포인트가 되고 있었다.

"오옷."

풍미는 기자들도 느낄 수 있었다. 쿨리비악은 자애롭고 포근한 외양처럼 푸짐했다. 소의 볼륨은 터질 지경이고 고소함과 감칠맛 또한 폭격 수준이었다.

"이것?"

바르텔로메오가 윤기를 바라보았다.

"첫 번째 막은 보시다시피 쿨리비악입니다. 두 번째는 시금치 크레이프가 되겠고 세 번째는 젤라틴 막이 되겠습니다."

"뭘 기대하고 만든 거죠?"

"3연발이죠. 시금치는 흔하지만 잘 쓰면 흔하지 않은 효과를 연출합니다. 은은한 떫은 맛으로 고기의 풍미와 영양가를 올려 주죠. 말하자면 젤라틴을 업그레이드시켜 주는 작용을 하니 젤라틴은 또 그 안의 어깨살 소를 업그레이드시키는 도미노 역할입니다."

"어깨살과 같이 쓴 재료들… 메밀과 양파, 양송이 맞나요?"

"맞습니다."

"에샬롯이나 트러플 같은 것을 쓰면 더 좋지 않았을까요?"

"그럴 수도 있었을 겁니다."

"하지 않은 이유가 있나요?"

"제 요리의 주제가 그리운 어머니의 식탁이기 때문입니다."

"그리운 어머니의 식탁?"

"제게 요리사의 정신을 알려 주신 분이 하신 말입니다. 그분의 어머니는 돌아가셨는데… 굉장히 힘들고 지친 날이면 어머니가 차려 준 밥상을 한 번만 받고 싶다고… 그 주제에 맞추자니 사치스럽고 고급스러운 재료는 건드리지 않았습니다. 많은 사람들의 어머니는 요리할 때 평범한 재료를 사용하니까요."

"그래서 머랭도 흔한 호박머랭이군요?"

"그렇습니다."

"3연발에 3중 쿨리비악… 그렇다고 해도 앞선 두 셰프의 요리에 비해 참신성이 떨어져 보입니다."

"어머니들의 요리는 대개 그렇습니다. 화려함에 비하면 소박하고 초라함에 비하면 위대합니다. 앞선 셰프들은 과학 요리에 선(仙)적인 요리, 실력도 뛰어나시죠. 저 요리에 무엇으로 맞설까 고민하다가 어머니들의 음식을 요리로 승화시킨 겁니다. 늘 잔잔하지만 마음속에는 자식 사랑하는 마음이 보석처럼 영롱하다는 걸 표현했죠. 비슷한 요리보다 다양한 방식으로 보는 이를 즐겁게 하려는 마음도 담았고요."

"어머니의 요리로도 참신할 수 있다는 건가요?"

"가장 평범한 게 가장 위대하다지 않습니까? 결정적인 날에 그리운 건 호화찬란한 요리가 아니라 어머니의 요리니까요."

"결정적인 건 다 보여 준 거 아닌가요?"

"한 가지가 남았습니다."

"그게 뭐죠?"

"맛이죠."

윤기의 마무리는 미치도록 정중했다.

요리 내력과 플레이팅에 대한 심사가 끝나자 요리들이 시식 테이블로 옮겨졌다. 보스키와 심사 위원들이 시식에 돌입했다.

"아아."

카라기난 안심 스테이크를 맛본 심사 위원들은 한숨으로 무너졌다. 밤 퓌레와 채소 퓌레에서 이어지는 안심 스테이크는 맛의 보물함이었다. 꿈결처럼 녹아드는 밤 맛이 사라지는가 싶으면 채소 퓌레의 상큼함이 달려들고 안심 스케이크의 풍후한 육즙이 미각을 연타했다.

하지만.

그것말고도 다른 장치가 있었으니……

"생강?"

가스파르가 스잔느를 바라보았다.

"그렇네요. 바늘 썰기 한 생강이 스테이크 위에 숨었어요."

스잔느도 혀를 내두른다. 생강은 신의 한 수였다. 스테이크를 폭식하도록 만드는 뇌관으로 작용한 것이다. 그 중독을 간장 카라기난이 한 번 더 부추긴다. 관자살로 다시 끓여 낸 간장. 그 혼합물인 카라기난은 일반 간장의 담백함과 펀치력이 달랐다.

살짝 구워 말린 관자살이 간장의 풍미를 밀어 올렸으니 목을 넘어가기도 전에 포크를 움직이게 만들고 있었다.

"밤 퓌레부터 카라기난까지 숨 돌릴 틈을 안 주네요."

스잔느의 평이었다.

그것으로 끝난 것도 아니었다. 감동을 이어 주는 조연들이 있었다. 장미로 새겨진 아티초크 하트의 맛도 놀라웠다. 그것은 단지 하나의 장식이 아니었던 것. 하지만 진짜 놀라운 펀치력의 주인공은 아이스크림이었다.

"스테이크 아이스크림인데요?"

먼저 맛본 리암이 중얼거렸다.

"아이스크림도 스테이크라고요?"

보스키도 시식을 서두른다.

"얼려 둔 페이스트였군요. 동결분쇄기로 갈아 내 아이스크림으로 탄생시켰어요."

"분자요리의 대가답네. 안심 스테이크 아이스크림이라… 잘하면 체링 셰프를 넘겠는데요?"

알버트의 말에 베르나르가 말했다.

분위기도 그랬다. 보스키는 만족스러운 표정이다. 먹고 난 후에 몇 번이고 입맛을 다신다. 다른 심사 위원들도 참신성에 공감을 표했다. 기예르모의 숨겨진 한 방이 시식 테이블 분위기를 장악하는 순간이었다.

기예르모.

남모를 미소가 입가에 번져 갔다.

체링의 녹차 훈제구이 차례가 되었다.

심사 위원들이 숨을 고른다. 물을 마시며 입 안을 헹구는 사람도 있었다. 체링의 살치살은 다시 봐도 황금 코팅이었다.

"와우."

첫 시식에 나선 가스파르부터 무너져 버렸다. 마블링이 최상급인 고기. 그건 주최 측이 질 좋은 송아지를 준비해서만이 아니었다. 체링이 잘라 낸 건 그중에서도 최고의 부위였다. 한 입 씹기 무섭게 육즙이 홍수를 일으켰다.

버터의 마법이었다. 시어링을 할 때 고기에 뿌렸던 버터가 육즙 방출을 원천적으로 차단해 버린 것. 이후에는 육즙을 가두는 벽의 역할을 했으니 안으로 농축된 풍미가 정수리를 쭐 지경이었다.

"체링 셰프."

스잔느는 궁금했다.

"이 황금 시어링 말이에요. 조금의 탄 곳도 없네요. 기계로 도금을 하듯 말이에요. 비결이 뭐죠?"

"비결은 이겁니다."

체링이 팬을 들어 보였다. 그 바닥에 깔린 건 송아지의 지방과 힘줄, 그리고 짜투리 살치살 등이었다.

"이걸 깔고 구우면 고기가 다이렉트로 닿지 않죠. 그러면서 이것들의 풍미까지 흡수합니다. 여기서 흘러나온 기름을 살치살에 뿌리며 익히면 표면 건조에 디글레이징 효과까지 얻게 됩니다."

"기왕이면 녹차 훈제도 공개하시죠?"

이 요청은 가스파르의 것이었다. 최고의 셰프는 레시피를 감추지 않는다. 레시피는 하나지만 만드는 사람에 따라 다른 맛이

나기 때문이었다.

그게 바로 불+물=손의 맛. 진짜 셰프들의 내공이었다.

"굉장히 간단합니다. 바닥이 두툼한 팬에 철 그물을 깔고 녹차를 넣고 가열했습니다. 약간의 간격을 두고 철 그물을 설치한 후에 살치살을 올렸죠. 이렇게 열을 가하면 당연히 바닥의 녹차 잎들이 타면서 연기가 납니다. 그냥 하면 훈제가 약하니 한 번 우려낸 물을 더해 주는 농축 방식을 썼을 뿐입니다."

"이슬 같은 훈제였습니다."

"감사합니다."

"육즙의 비결은 그것 말고 또 있죠?"

이 질문은 리암의 것이었다.

"밀짚으로 자극을 주기는 했죠."

"어떻게 말입니까?"

"밀짚 불맛을 입힐 때… 고기는 섬유질 방향에 대고 직각으로 화력을 주면 안에 있는 육즙에게 물길을 내주거든요. 육즙의 통로를 자극해서 고루 포진하게 하는 방법입니다."

"그래서 이게 고루 촉촉한 느낌이군요."

리암은 바로 수긍했다.

"……?"

설명을 듣던 알버트의 표정이 복잡해진다. 체링의 기법은 인류 요리의 진화 과정 속에 있었고 그 궁극의 구현이었다. 이렇게 되면 기예르모가 좁혔던 점수가 다시 벌어질 수 있었다.

그 가능성은 가니쉬에서 조금 더 높아졌다.

"신선이 내려 준 맛이 여기 있군요. 무화과의 자연스러운 단맛과 그 단맛 사이에서 인사하는 유자의 상큼함."

"진짜 선계의 맛이 이럴 것 같습니다."

"환상의 마무리에요."

론디메를 시작으로 계속 이어지는 심사 위원들의 시식 평이었다.

체링의 요리.

그 또한 기예르모에 못지않은 반응을 얻었다.

"이제 올해의 마지막 시식으로 들어가겠습니다. 마지막 요리의 주인공은 코리아의 송윤기 셰프입니다."

진행자의 멘트에 아쉬움이 실렸다.

[포근하고 자애로운 쿨리비악]

살짝 흘러나온 젤라틴이 미각을 흔들었다. 풍미는 또 어떤가? 컴파운드 소스를 주입한 것처럼 풍후하다. 오죽하면 최강 분자 요리를 구현한 기예르모조차 어깨를 으쓱할 지경이었다.

"먼저 드시죠?"

스잔느가 절반을 정리해 보스키에게 주었다. 받아 든 보스키가 잠시 눈을 감는다. 그러더니 소분 접시를 코앞으로 가져갔다. 그건 몸서리였다. 맛있는 기대감에 따라붙는 식욕의 반응이었다.

우물.

한 입 떼어 문 보스키가 감상에 들어간다.

"이 기자."

뒤쪽의 알버트가 속삭였다.

"예?"

"갑자기 불길한 생각이 드는군요."

"송 셰프의 요리 말입니까?"

"예."

"뭐가 잘못되었나요?"

"그게 아니라… 어쩐지 이번에도 당신에게 한턱을 내야 할 것 같은……."

"근거는요?"

"보스키입니다."

"그가 뭐요?"

"눈을 감고 있지 않습니까? 처음부터 끝까지."

"그러니까 그게 뭐냐고요?"

"내가 읽은 선배의 칼럼 말입니다. 거기 그런 말이 있었어요. 보스키가 눈을 감고 먹으면 끝난 것이다. 그 맛에 취한 것이니 그의 일생에 두 번밖에 없었다."

"두 번?"

"한 번은 그가 그 맛에 반해 요리사를 결심한 요리에서, 또 한 번은 죽은 안드레아 셰프의 요리에서."

알버트의 시선은 보스키에게서 떨어지지 않았다. 보스키는 받아 든 쿨리비악 조각을 다 먹고도 음미를 끝내지 않았다.

"……?"

다른 심사 위원들은 달랐다. 그들은 지향을 잃은 눈빛이 되었다. 누구도 감히 평을 내놓지 않았다.

'뭐야?'

이상백의 시선이 바빠진다. 모두가 느려졌다. 심지어는 액티브하게 굴던 론디메와 바르텔로메오까지도.

그 분위기는 호박머랭에서 더 극명해졌다. 누군가의 한숨이 들리더니 결국 두 사람의 눈에 눈물이 비쳤다. 호기심 많은 아이가 다가섰다. 보안 요원이 말리려 하자 보스키가 손을 저었다. 보스키가 아이에게 호박머랭 맛을 보여 주었다.

"엄마가 안아 주는 것 같은 맛이에요."

보조개 또렷한 아이가 입가 머랭의 잔해를 핥으며 웃었다. 태국어다. 누군가가 통역을 했다. 상냥하고 귀여운 모습이 꼭 호박머랭을 닮았다.

아사삭.

아이에게 선물한 또 하나의 맛 바닐라칩. 그건 꽃의 속삭임 같은 소리를 내며 입안 가득 녹아 버렸다.

"사왓디 카."

보스키의 이마에 키스를 남긴 아이가 어머니 곁으로 돌아갔다.

짝짝.

보스키의 박수였다. 박수의 대상이 애매하지만 모두를 숙연하게 만들고 있었다.

"송 셰프."

스잔느가 윤기를 바라보았다.

"당신 요리의 맛은… 한없이 자애롭고 포근하네요. 그러면서 먹는 걸 멈추기 어렵게 만들어요. 포근한 미소로 유혹하는 악마의 요리라고 할까요?"

"맛있는 악마예요."

입술에 묻은 바닐라칩 조각을 핥던 아이가 손나팔로 소리쳤
다.

"감사합니다."

윤기가 답했다.

"분자요리는 아니었지요?"

"그게 기예르모 셰프의 분자요리를 뜻하는 거라면 아닙니다."

"그런데 어떻게 이럴 수 있죠? 담백하면서도 묵직한 감칠맛을
내는 새하얀 소스는 짜릿한 덤이었고 그냥 먹어도 좋은 고기의
육질은 어머니의 손길처럼 포근하고 자애로웠어요. 풍미와 육
즙은 최상의 조화. 게다가… 메밀과 어깨살 소의 부조화 말이에
요. 이거야말로 시금치에 더불어 신의 한 수라고 할 수밖에 없네
요. 메밀이 없다면 감동은 줄어들고, 그 비율이 조금만 높았더라
도 그랬을 것 같습니다."

"……."

"게다가 이 메밀… 대체 무슨 마법을 부린 걸까요? 당신이 고
른 메밀의 맛을 보았지만 이런 풍미가 아니었습니다. 게다가 기
분 나쁜 끈적임도 전혀 없어요."

"한 가지씩 답해도 될까요?"

"내가 좀 오버했군요. 그렇게 하세요."

"뒤에서부터 말씀드리자면 메밀은 저온의 참기름에 넣어 서서
히 온도를 올리면서 단숨에 튀겼습니다. 참깨의 고소함을 은은
하게 입히기 위해서였죠. 튀길 때 맥주도 사용했죠. 물보다 빨리

휘발되니 끈적임은 사라지고 포근하게 변한 겁니다. 어머니의 손길처럼."

"아, 아까 맥주를 만지더니……."

심사 위원 하나가 탄성을 질렀다. 저온 튀김도 그랬다. 심사 위원들은 기름 솥을 볼 수 있지만 그 안의 기름 상태는 볼 수 없었다.

저온의 기름을 서서히 고온으로 올리며 튀겨 내면 풍미가 고스란히 살아난다. 맥주를 이용한 튀김의 장점 또한 윤기의 말과 같았다.

"메밀과 어깨살 진주알의 부조화는 혀의 특징을 고려한 구성입니다. 인간의 혀는 동일한 감촉보다 불균일한 감촉의 풍미에 더 잘 반응하거든요. 그걸 강조하기 위해 양지와 꼬리를 고아 만든 젤라틴으로 윤활유이자 풍미를 가두는 역할을 맡겼죠. 폭발할 것 같은 감칠맛 속에서 느끼는 미묘함의 극치. 그것으로 미각의 가속 페달을 밟아 준 겁니다."

"……."

"시금치는 두 가지 의미인데 첫째는 역시 어머니의 맛이죠. 많은 어머니들이 즐겨 쓰는 채소라면 시금치와 당근, 감자를 꼽을 수 있는데 제 요리에 알맞은 건 시금치였어요. 이 녀석은 히든 카드로서의 색감도 충분하고 소고기의 풍미를 단숨에 부각시키는 재주가 있거든요. 물론 올리브에 재워 두었다가 마리네이드용으로 쓴 안초비의 길잡이 역할도 무시할 수 없지만요."

"……."

"마지막으로 부드러운 육질은 저온의 올리브와 함께 대나무

껍질의 힘을 빌렸습니다. 그걸로 고기를 묶어 열을 가하면 육질이 부드러워지거든요."

"요리는 분명 어머니의 방식 같은데 설명은 꼭 분자요리를 듣는 기분이네요."

"어머니들 방식의 분자요리로 보셔도 됩니다. 모든 요리는 어차피 분자요리에 속하니까요."

윤기 설명이 끝나자 심사 위원들이 한자리에 모였다. 그들이 숙의하는 동안 윤기는 하늘을 보고, 이상백은 그런 윤기를 보고 있었다.

분자요리의 총아 기예르모 셰프, 그리고 선계의 요리를 빚어내는 체링 셰프. 그들과 나란한 윤기가 한없이 자랑스러웠다.

그 순간 진행자의 멘트가 이상백의 귀를 비틀며 들어왔다.

"올해의 황금보스키상, 5만 불의 상금과 영광을 안을 영예의 최종 우승자를 발표합니다."

[두 퓌레에 간장 캐비어를 올린 카라기난 안심 스테이크 분자요리]

[초자연 3종 살치살 녹차 훈제구이]

[포근하고 자애로운 쿨리비악]

기예르모와 체링, 윤기가 나란히 간이무대에 서자 세 셰프의 요리가 배경으로 떠올랐다. 오전에 받은 점수 확인도 이어진다.

기예르모 94점.

체링 96점.

윤기 95점.

일단은 체링이 가장 유리했다.

"체링 아니면 기예르모입니다."

히로토의 도발은 여전히 진행형이었다.

"제가 보기엔 기예르모 같네요. 간장 카라기난으로 감싼 안심 스테이크… 요리를 예술로 승화시킨 분자요리였어요."

태국의 기자도 동조를 했다.

"이 기자는 어때요?"

알버트가 이상백에게 물었다.

"나야 송 셰프죠."

"솔직히 말해 보세요. 이제 다 봤잖아요?"

"그래도 송 셰프죠."

"진짜요?"

"네, 죽어도 송 셰프입니다."

"같은 코리안이라서?"

"처음에는 그랬지만 지금은 송 셰프가 미국인이나 태국인이라고 해도 마찬가지입니다."

"그래야 하는 이유 하나만."

"심금을 울리잖아요? 요리도 그렇고 맛도 그렇고."

"……."

"그러는 당신은요?"

"나는 이미 저녁 예약해 두었어요."

"내기에 이겼다는 표정이군요?"

"아뇨. 졌어요. 당신에게 저녁을 쏠 식당을 알아봐 둔 겁니다."

"알버트."

"뭐, 그렇다는 거예요. 하지만 심사는 우리가 하는 게 아니니까."

알버트의 시선이 간이무대로 향했다.

"세 분 셰프님들."

진행자가 기예르모에게 다가선다. 어느 시상식과 같은 풍경이다. 대미의 장식을 위해 약간의 뜸을 들이는 것이다.

"우리 기예르모 셰프께서는 누가 황금보스키상을 거머쥐리라 생각합니까?"

"제가 받으면 좋겠지만 체링 셰프께서 받으실 것 같습니다."

"이유는요?"

"제 요리가 인간의 오감을 위한 향연이라면 체링 셰프의 요리는 그 너머의 요리 같아서요."

"체링 셰프는 어떻게 생각하십니까?"

진행자가 질문을 옮겼다.

"저는 이 옆의 송 셰프가 받을 거 같습니다."

"우."

체링의 답에 기자단 일부가 반응을 했다. 뜻밖으로 받아들인 것이다.

"그렇게 생각하는 이유가 뭐죠?"

"제가 선적인 요리를 한 건 그걸 가장 잘하기 때문입니다. 그런데 송 셰프가 잘하는 건 한두 가지가 아닌 것 같네요. 나이는 어리지만 측정하기 어려운 능력을 가졌으니 마치 요리의 신을 만난 기분입니다."

"그럼 송 셰프의 의견은 어떨까요?"

진행자의 걸음이 윤기 앞에서 멈췄다. 모두의 시선이 윤기에게 꽂혔다.

"저는……."

두 셰프를 바라본 윤기가 담담하게 말을 이었다.

"제가 받을 것으로 생각합니다."

"네?"

진행자가 소스라쳤다. 앞선 두 셰프는 양보의 미덕을 보였다. 윤기의 반응은 그것과 달랐다. 윤기도 겸손하고 싶었지만 역아와 안드레아를 떠올렸다. 그들이라면 이 상을 받을 자격이 있었다.

"기예르모 셰프님의 과학 요리는 굉장했습니다. 체링 셰프님의 선적인 요리 또한 넘보기 어려운 수준이었고요. 하지만 인간의 원초는 결국 어머니입니다. 저도 저 두 분처럼 맛의 진리를 찾아 수행자의 자세로 임하겠지만 그 뿌리는 결국 어머니의 요리일 거라고 생각합니다."

"논리가 좀 약한 거 같은데요?"

"어머니는 논리가 아닙니다. 정서죠. 요리의 맛도 논리보다 정서가 앞섭니다. 무엇보다 우리는 과학도 아니고 신도 아닙니다. 나아가 모두가 어머니에게서 나왔고요. 그 정서를 제대로 승화시킬 수 있다면 그 어떤 참신함도 넘어설 수 있다고 봅니다."

"그 말이 맞는지 틀리는지는 제 손 안에 있습니다."

진행자가 봉투를 들어 보였다.

다시 중앙으로 나온 진행자가 진행을 이어갔다.

"셰프들의 심정 조사에서는 코리아의 송 셰프가 황금보스키 상을 받을 것으로 나왔습니다. 2표나 받았으니까요. 일리는 있죠. 그가 바로 종신 심사 위원 추천셰프전으로 결선에 나온 셰프이기 때문입니다. 아시겠지만 보스키 도르 요리 대회만의 특징이며 지금까지는 그들이 압도적인 확률로 황금보스키상을 가져갔습니다."

"……."

좌중이 귀를 기울인다. 모두가 그랬다.

"하지만 오전의 대전에서는 체링 셰프가 가장 우수한 점수를 획득했습니다. 그것은 종신 심사 위원 추천을 받고 나온 송 셰프가 위기에 몰렸다는 뜻이기도 합니다."

"……."

"나아가 분자요리의 신성 기예르모 셰프. 미주 예선에서 수백 명의 셰프를 물리치고 올라온 저력대로 환상적인 분자요리를 선보였습니다."

"……."

"그럼 기예르모 셰프의 점수부터 공개합니다."

모두가 기예르모를 바라본다. 가볍게 예의를 갖춘 그는 두 손을 모으고 결과를 기다렸다.

"두 퓌레에 간장 캐비어를 올린 카라기난 안심 스테이크 분자요리, 심사 위원들을 과학요리의 신세계로 데려간 그의 점수는……."

"98점."

"와아."

기자석에서 탄성이 터졌다.

98점.

엄청난 점수가 나왔다. 지난 대회에서는 94점이 최고점이었다. 최근 몇 개 대회로 거슬러 올라가도 95점 이상은 드물었다.

"오전의 점수와 합산합니다. 기예르모 셰프의 최종 득점은 192점입니다."

[192]

기예르모 뒤의 화면에 점수가 새겨졌다.

190점.

마의 점수였다. 이걸 넘으면 우승이라는 말이 돌 정도였다. 그걸 2점이나 추월했다. 그것은 곧 황금보스키상에 가까워졌다는 뜻. 그걸 아는 기예르모의 표정근이 살포시 펴지고 있었다. 황금보스키를 기대해도 좋은 점수를 받은 것이다.

분자요리의 진수.

그 매력을 인정받는 기예르모였다.

"다음은 초자연 3종 살치살 녹차 훈제구이의 체링 셰프입니다. 참고로 체링 셰프는 오전의 대전에서 최고점인 96점을 받았습니다."

96점.

기예르모를 넘으려면 97점을 받아야 했다. 녹차 훈제의 새로운 지평을 연 체링. 그는 요리 스타일처럼 미동도 하지 않았다. 어떻게 보면 꼭 히말라야 같은 사람이었다.

"이번 대회는 아무래도 참신성에 이슈를 두는 거 같은데요?"

베르나르가 중얼거린다.

"분자요리가 각광받는 건 주지의 사실입니다. 대세라고요."

히로토가 쐐기를 박는다.

"체링 셰프의 점수… 아, 잠깐만요. 점수가……."

진행자가 또 뜸을 들인다. 다행히 오래 끌지는 않았다.

"체링 셰프, 제 눈을 의심하게 하는 점수를 받았습니다. 무려 99점입니다."

"아."

일부 기자들이 자리를 박차고 일어섰다.

"99점?"

"이거 실화야?"

"수십 년 보스키 도르 대회 사상 몇 번 나오지 않은 점수인데?"

기자들이 술렁거린다.

'쳇.'

절망스러운 건 이상백이었다. 윤기의 황금보스키상이 루비콘 강을 건너고 있었다. 어머니의 어쩌고 저쩌고 한 요리가 통하지 않은 것이다.

[99점]

최근 십여 년 이상의 대회를 통틀어 최고점이었다. 더 치명적인 건 체링이 오전 대회에서도 최고점을 받았다는 것. 그러니 윤기의 탈출구는 없었다.

아니, 산술적으로는 한 가지 방법이 있었다.

100점.

그걸 받으면 동점이 되는 것이다.

그러나 100점은 보스키 도르 요리 대회 역사상 나와 본 적이 없었다. 심사 위원들도 만점만은 최후의 보루로 남겨 놓은 바. 설령 99점을 받는다고 해도 분루를 삼키게 될 윤기였다.

"이제 마지막 봉투 한 장이 남았습니다."

진행자가 봉투를 들어 보였다. 하얀 봉투 뒤로 윤기의 얼굴이 보였다. 여전히 담담하다. 일말의 동요조차 없는 것이다.

'저 배포……'

이상백이 혀를 내두른다. 보통 사람이라면 체링이 99점을 받는 순간 무너지는 게 옳았다. 하지만 처음과 똑같은 표정이었다. 기대와 희망으로 가득 찬.

"있을 수 없는 일이지만 만약 100점이 나오면 어떻게 되는 거죠?"

태국 기자가 히로토에게 물었다.

"보스키 도르에서 100점은 나오지 않아요."

히로토가 잘라 말했다.

"모든 법에는 예외가 있는 법입니다."

이상백이 반박했다. 폭주에 대한 오기였다.

"안 됐지만 요리에는 예외가 없거든요."

"있으면 어쩔 건데?"

이상백이 태클을 걸었다. 그 자신도 포기에 가까웠지만 히로토의 빈정만큼은 참을 수 없었다.

"그럼 내가 3연속으로 송 셰프 기사를 써 드리지. 그것도 비중 있게. 하지만 그게 아니면 당신이 레이의 요리를 한국 신문에 소개해 줘. 역시 비중 있게 3회. 콜?"

"콜."

이상백이 답했다. 핏발이 곤두섰으니 이성보다 감성으로 건내기였다.

"마지막 참가자의 점수를 발표합니다."

진행자의 멘트가 나오자 모두의 시선이 쏠렸다.

"종신 심사 위원 추천셰프전을 통해 결선에 나온 송윤기 셰프, 참고로 오전 점수는 95점이었습니다."

"……."

"발표합니……?"

봉투를 개봉하던 진행자가 또 진행을 멈췄다.

"잠깐만요."

양해를 구한 그가 다시 한번 점수를 확인한다. 얼굴은 파랗게 질려 있다.

'뭐야?'

이상백의 느낌이 좋지 않았다.

"보아하니 한 80점 받은 모양이군."

히로토가 비웃는다. 이상백이 받아치려 할 때 진행자의 멘트가 이어졌다.

"보스키 도르 진행 10여 년에 이런 점수는 처음이군요. 여러 분도 다 같이 놀라야 할 것 같습니다."

"……."

"종신 심사 위원 추천셰프전을 통해 결선에 나온 코리아의 송윤기 셰프, 포근하고 자애로운 쿨리비악을 만든 그의 점수는……."

"……."

"여러분 놀라지 마십시오. 보스키 도르 요리 대회 수십 년 만에 처음으로 나온 이 점수……."

"……?"

"무려 100점입니다."

[100점]

100점.

100점.

점수가 날아가 윤기 얼굴에 겹친다. 윤기의 귓전에 그 점수가 맴돌이를 했다. 동시에 세상이 정지되었다.

1—2—3—4—54… 100.

백 개의 숫자가 메아리로 들어온다. 저만치서 껑충거리며 포효하는 이상백의 모습이 느리게 움직인다. 그렇게 이어지던 정적이, 무의식이, 돌연 엄청난 굉음이 되어 윤기의 청각을 차고 지나갔다.

"와아아아!"

짝짝짝짝

우레 같은 박수였다. 심사 위원과 VIP들, 그리고 기자단. 모두가 일어선 채 박수를 보내 왔다.

100점.

보스키 도르 대회 사상 최초의 100점.

"코리아의 송윤기 셰프, 오전 점수와 합산, 195점입니다. 앞선 체링 셰프와 동점을 이루게 되었습니다."

"우우."

폭발적이던 함성은 어느새 술렁임으로 바뀌었다.

[송윤기 195점 VS 체링 195점]

동점이다.

이렇게 되면 어떻게 되는 건가?

끝장 요리전이라도 벌이는 건가?

"어떻게 되는 거죠?"

이상백이 알버트를 돌아보았다. 자료를 많이 봤지만 결선 동점의 경우는 보지 못했다.

"글쎄요."

알버트와 베르나르도 모르는 모양이었다. 그러자 결선 심사위원장을 맡은 스잔느가 나와 진행자의 마이크를 받았다.

"여러분."

그가 입을 열자 모두가 고요해졌다.

"오늘 우리는 보스키 도르 요리 대회 역사상 최초의 100점을 주었습니다."

"……."

"그런데 주고 보니 두 셰프가 총점에서 동점이 되었군요. 체링 셰프 195점, 송윤기 셰프 195점입니다."

"……."

"이런 경우의 규정을 밝혀 드리자면……."

꿀꺽.

이상백의 목젖이 거칠게 흔들렸다. 이런 경우 한국은 두세 가지를 사용한다.

1) 연소자 우선
2) 연장자 우선
3) 주요 메뉴 우선

1)이라면 윤기가 황금보스키상을 거머쥐게 되고 2)라면 체링이 위너가 된다. 3) 역시 윤기가 유리하다.

"몇 가지 우선하는 사항이 있는데 보통은 연장자 우선입니다. 하지만."

연장자 우선, 이상백은 거기서 숨이 넘어가는 줄 알았다. 그러나 마지막에 나온 브레이크가 잠시 숨통을 열어 놓았다.

"연장자에 우선하는 또 하나의 규정이 있으니……."

"……."

"바로 만점자 우선입니다. 따라서 올해의 황금보스키상 수상자는 코리아의 송윤기 셰프가 되겠습니다."

"황금보스키상의 최종 위너, 송윤기, 코리아."

마이크를 넘겨받은 진행자가 윤기를 호명했다.

"와아아."

축하의 함성이 불을 뿜는다.

윤기는 눈을 감았다. 그리고, 두 손을 모아 많은 사람들에게 감사를 올렸다. 역아와 안드레아, 그리고 어머니와 주변 사람들, 나아가 이제 경련을 멈춰 준 두 손목에게도.

손목은.

박하가 들어온 듯 시원하게 느껴졌다.

"송 셰프."

이상백은 매너도 없이 천둥 소리를 질렀다. 윤기가 바라보자 펄펄 뛰는 만행(?)까지 저질렀다.

짝짝.

누구도 제지하지 않았다. 모두가 보낸 건 뜨거운 박수였다. 첨단과학의 분자요리도, 영혼의 요리를 구현한 선적인 요리도, 윤기의 꿈을 막지는 못했다.

"축하해요."

"축하합니다."

기예르모와 체링이 차례로 다가와 포옹을 퍼부었다. 이어 휠체어의 보스키가 다가왔다.

"축하하네."

그가 손을 내밀었다. 한쪽 무릎을 낮추고 그 손에 키스를 찍어 주었다.

"내가 본 최고의 어머니 요리였네. 내 어머니 손길보다도 더 자애로운."

"감사합니다."

"동시에 이 세상 모든 어머니의 요리를 합친 것처럼 참신한."

"……."

"만약 송 셰프에게 황금보스키상이 돌아가지 않으면 심사 위원들을 싹 갈아 치울 생각이었네."

"……."

"안드레아……."

보스키가 나지막이 속삭였다.

"……?"

"그의 맛도 있더군. 그는 빌런이었지만 요리 하나는 타의 추종을 불허했지. 하지만 오늘 내가 만난 안드레아는 빌런이 아니야. 이 생의 마지막 대회에서 송 셰프를 심사하게 되어 영광이었네."

보스키의 미소가 환해졌다.

그리고, 윤기의 손에 황금보스키상과 5만 불의 상금이 주어졌다.

와아아.

짝짝짝.

그때까지도 기립 박수는 멈추지 않고 있었다.

찰칵.

사진이 박혔다.

윤기와 폴 보스키였다.

찰칵.

또 박혔다.

본선 심사 위원들이었다.

찰칵.

사진이 이어진다.

이번에는 대회를 함께 치른 셰프들과 함께 섰다.

찰칵.

마지막은 그 모두와 함께였다.

매끌렁에서 남은 건 사진만이 아니었다. 보스키 도르 요리 대회 사상 최초의 100점 요리, 포근하고 자애로운 쿨리비악. 그 요리와 함께 윤기의 이름 세자를 전 세계 요리 전문가들에게 각인시켰다.

[코리아 송윤기 사상 첫 100점 만점의 요리로 황금보스키상 수상]

[전문 셰프들의 글로벌 향연, 올해의 챔피언은 코리아의 신성 송윤기 셰프]

[기적의 반전, 천재 셰프의 왕좌 등극]

기자들의 원고가 전송되기 시작했다. 그 선봉에 이상백이 있었다. 기적적인 회생을 지켜본 이상백은 화산의 용암처럼 들끓고 있었다. 기적의 월드컵 4강을 썼던 한국 축구. 그 감격보다도 더 큰 감격에 휩싸이는 이상백이었다.

"어이, 히로토 기자."

전송이 끝나자 히로토를 호명했다. 히로토는 맥이 쫙 풀린 모습이었다.

"기사 제대로 써서 전송하세요."

"……."

"약속 잊었어?"

"그러죠."

히로토의 대답은 마지못해 나왔다.

"그리고 이것도 제대로 알아 두셔."

"……?"

"내가 바로 송 셰프를 처음 띄운 사람이라는 것."

이상백이 사진 한 장을 보여 주었다.

[성자의 셰프]

그 사진이었다. 이상백의 목에 힘이 들어갔다. 잘난 척할 생각
따위는 없었다. 하지만 히로토에게는 하고 싶었다. 사진 한 장으
로 설명이 되는 윤기의 인성. 그걸 보여 줄 생각이었다.

"요리사란 자고로 먼저 인간이 되어야지."

"……."

히로토는 또 한 번 기가 죽었다.

이상백이 쐐기를 박는다.

"기자도 마찬가지!"

"……."

파김치처럼 늘어진 히로토를 뒤로하고 윤기에게 향했다. 윤기
곁에는 여전히 심사 위원들과 VIP들이 몰려 있었다. 축하에 더

불어 요리에 관한 질문이 쏟아진다. 거기에 기름을 부은 건 가스파르였다. 지금까지 침묵하던 가스파르. 윤기의 요리에 신화를 입히고 있었다. 자신의 추천으로 나온 윤기였기에 자제하던 윤기의 실체(?)를 알리는 것이다.

"정말 페드로 회장을 녹였다는 겁니까?"

VIP들이 묻는다. 그들도 페드로를 아는 모양이었다.

"녹였죠. 그것도 토치에 닿은 치즈처럼 주르륵."

가스파르가 말했다.

"빅토르 위고의 식탁을 재현했단 말이죠?"

질문이 이어진다.

"빅토르 위고 정도는 아무것도 아니죠. 송 셰프는 역사적으로 위대했던 황제나 위인들의 요리를 다 재현할 수 있는 능력자입니다."

"이상 미각자도 만족시켰단 말이죠?"

"그건 나도 놀란 사실입니다."

"그럼 클레오파트라의 요리도 됩니까?"

"그 정도는 송 셰프의 호텔에 가면 기본 메뉴라고 하더군요."

가스파르가 쐐기를 박는다. 그건 정말 쐐기였다. 클레오파트라의 요리가 기본 메뉴라니……

"앞으로의 계획을 좀 말해 주세요. 현재 오너 셰프가 아니라면서요?"

VIP의 하나가 물었다.

"지금 미식 호텔을 준비 중입니다. 언젠가 여러분이 코리아로 오신다면 오너 셰프가 되어 여러분을 맞이할 수 있을 겁니다."

윤기의 답은 정중했다. 빛나는 매너와 유려한 화술로 돌아온 윤기. 수많은 전문가들을 압도하고 있었다.

"안드레아의 요리에 대해 궁금한 게 있습니다만."

이번 질문의 주인공은 심사 위원 론디메였다.

"영광입니다."

"보스키 님께서 인정하시니 더 할 말은 없습니다만 혹시… 괴식도 가능합니까? 안드레아는 괴식에도 일가견이 있다고 들었는데."

괴식.

거북한 단어가 나왔다. 괴식은 몬도가네식에 가깝다. 식탁에 앉은 사람의 미각을 잡기 위해서라면 어떤 재료의 동원도 마다하지 않았던 안드레아. 괴식이라면 그 전생을 당할 사람이 없었다.

"그 괴식이 조금 특별한 식재료를 쓰는 요리라면 당연히 가능합니다."

약간 순화시켜 대답을 했다.

"묵고 있는 호텔이 어디죠?"

"방콕입니다."

"알겠습니다."

론디메의 입가에 반가운 미소가 스쳐 간다.

VIP들의 질문까지 끝나자 이상백이 그들을 비집고 들어섰다.

"송 셰프."

"이 기자님."

윤기가 두 팔을 벌렸다. 이상백이 달려들어 윤기를 안아 들었다.

"으아악, 평범에서 위대 창조, 보스키 도르 역사상 첫 100점."

이상백의 홍분은 초신성처럼 폭발했다.

"송 셰프, 내 심장 보세요. 닭 모래집처럼 쫄깃해졌어요."

"……."

"잘했어요. 진짜 잘했습니다. 내가 본 최고의 인생 반전이었어
요."

"타국 기자들과의 내기는 이긴 거죠?"

"그럼요. 특히 일본 기자의 코를 제대로 밟았습니다. 그 인간,
송 셰프를 디스해 댔거든요. 그래서 내가 딜을 했죠. 송 셰프가
황금보스키 먹으면 일본에다 송 셰프를 제대로 알리라고요."

"그런 딜 할 정도면 제정신이었는데요?"

"정신이 나가도 할 건 해야죠."

"이제 그만 내려 주시죠. 보스키와 미팅이 있거든요."

"아."

이상백은 그제야 윤기를 내려놓았다.

제3장
—
미식가를 위한 괴식입니다

빠아앙.

낡은 기차가 달려간다. 보스키는 그 꼬리를 보고 있었다. 호텔 3층의 리셉션 앞이었다. 휠체어를 돕던 호텔 여주인은 자리를 비켜 주었다.

기차 뒤로 관광객들이 쫓아간다. 그들의 카메라는 맛의 물결이 사라지기 전에 가둬 두려는 버터처럼 집요하게 돌아갔다.

"기차 좋아하나?"

보스키가 창밖을 보며 물었다.

"네."

윤기가 답했다. 진심이었다. 손목 경련 때문에 좌절할 때 어머니 몰래 혼자 떠난 날이 있었다. 기차를 타고 종착역까지 갔다. 그때 알았다. 혼자 기차를 타면 생각이 많아진다는 것. 끊임

없이 멀어지는 철로를 보면 집으로 돌아가고 싶어진다는 걸.

"나도 여기 와서 좋아하게 되었지."

"네……"

"새로운 요리 아이템을 구상하는 동안 열두 번 정도 여기를 다녀갔네. 아무도 모르지."

"……"

"이곳은 내 요리의 샘물 같은 곳이었네. 퍼도 퍼도 마르지 않고 솟아나는 샘물."

보스키의 눈이 추억에 젖고 있다. 윤기는 알았다. 그의 삶이 생각보다도 짧게 남았다는 걸.

"내 요리 인생에 있어 가장 소중했던 이곳 매끌렁… 그런데 내 요리 인생에 이 못지않게 큰 자극을 준 사람이 있었네."

안드레아.

윤기는 보스키의 답을 알고 있었다.

"안드레아 위탱."

"……"

"자네가 멘토로 삼고 배웠다는 요리의 주인공일세."

보스키가 윤기 쪽으로 돌아섰다.

"열아홉의 그가 찾아왔을 때 나는 슬럼프에서 벗어나 요리의 제국을 세워 가고 있었네. 그때 그 매너리즘에 적나라한 메스를 가한 게 안드레아였어."

"……"

"내가 심혈을 기울인 대표작품 검은 송로버섯 수프… 젊은, 아니, 내 눈에는 새파란 애송이에 불과한 그가 복사를 해냈더군.

그것도 내가 감추지 못한 잡맛들까지 잠재운 채."

"……."

"언젠가는 말하고 싶었는데 그러지 못했네. 그후로 안드레아의 요리는 나보다 더 뜨거운 이슈가 되어 버렸거든."

"……."

"그리고는 지상에서 사라졌지. 초신성처럼 살다가 산화했다고나 할까?"

"……."

"오늘 송 셰프를 보니 안드레아 생각이 깊어졌네. 어쩌면 그의 환생인가도 싶어서."

"환생으로 대하셔도 됩니다."

"그 미소, 그 말투… 굉장히 닮았어. 그의 행동까지 연구한 건가?"

"네."

"하긴 누군가의 작품을 알려면 그 사람까지 알아야 한다는 말이 있지. 그런 면에서도 자네는 굉장해."

"……."

"이거……."

보스키가 칼을 꺼내 놓았다.

"내가 쓰던 칼이라네. 좀 낡기는 했지만 길은 잘 들었어. 매 대회마다 최종 승자에게 기념품을 주었었는데 올해는 병원 생활이 길다 보니 마련하지 못했네."

"……."

"매끌렁에서 요리의 영감을 얻고 돌아간 후에 맞춘 칼이야.

선친께서 거래하던 독일 최후의 장인이 만들어 준 거지. 괜찮다면 주고 싶네. 곁에서라도 송 셰프가 걸어가는 요리의 길을 보고 싶어서 말이야."

"기꺼이 받겠습니다."

윤기가 두 팔을 내밀었다. 보스키의 칼 세트가 윤기에게 넘어왔다.

"고맙네. 내 마지막 요리 대회를 빛내 줘서."

"내년에도 요리 대회를 주관하실 수 있을 겁니다."

"그렇게 되면 자네를 초청하겠네."

"기다리고 있겠습니다."

윤기가 답하자 보스키가 두 팔을 벌렸다. 그와 진한 포옹을 나누었다. 보스키 도르 요리 대회의 대단원이었다.

"송 셰프님."

계단으로 걸어갈 때 누군가 윤기를 불렀다. 돌아보니 론디메였다.

"저를 기다리신 겁니까?"

"예, 방콕의 호텔로 갈까 했는데 스케줄을 몰라서요."

"하실 말씀이 있나요?"

"아까 말한 괴식 때문입니다."

"뭐가 궁금하신데요?"

"무례한 요청 같기는 한데… 가스파르의 말을 듣자니 싱가포르에서 페드로 회장의 요리를 해 주셨다는 말이 있어서요. 시간이 허락된다면 괴식 요리 한번 선보여 주실 수 있을까요?"

"여기서요?"

"어디서든 상관없습니다. 식재료와 주방은 제가 준비할 테니까요."

"무슨 말인지……?"

"아까 VIP 참관자들 있잖습니까? 그분들 중에 제 사업 파트너가 두 명 있습니다. 두 분 다 미식가인데 괴식에 남다른 흥미가 있습니다."

"……."

"여기 오기 전에 홍콩의 뱀탕 전문 레스토랑과 중국의 괴식 등을 경험한 모양인데 별 재미를 못 봤다고 하더군요. 고급 요리화 된 것은 형태를 모르니 실감이 안 나고 어린아이의 소변으로 삶은 계란이나 오리알 같은 건 괴식의 느낌이 안 들고… 애벌레나 전갈, 바퀴벌레 튀김 역시……."

"그래서요?"

"이분들이 원하는 건 '호쾌하고 와일드한 괴식'인데 그걸 체험할 곳이 드물다는 겁니다. 얼마 전 가스파르와 통화 중에 들었더니 당신이 안드레아 셰프의 요리의 맥을 그대로 이었다지 뭡니까? 솔직히 괴식까지는 기대하지 않아서 대회 후에 치망마이와 치앙라이 쪽의 현지 식당으로 올라가 볼 생각이었는데 괴식도 익히셨다는 말에……."

"……."

"마침 미식가를 위한 호텔도 구상 중이라니 고객 확보에도 도움이 될 겁니다. 이분들이 세계적인 미식가들이거든요."

"고맙지만 괴식가를 위한 미식 호텔은 아닙니다."

"저분들도 괴식을 일상식으로 하지는 않습니다. 요리를 하시니 아시겠지만 일부 미식가들이 한 번은 거쳐 가는 코스 아닙니까?"

"……."

"무례하게 생각하실지 모르지만 비용은 얼마든지 낼 수 있습니다."

"말씀은 감사하지만 사양합니다. 좀 쉬고 싶거든요."

이야기 중에 VIP들이 들어섰다. 모슬리와 타이런으로 불리는 장년들이었다.

"피곤하셔서 어렵다고 합니다."

론디메가 그들을 향해 고개를 저었다.

"셰프님."

금발의 모슬리가 다가왔다.

"괴식 말씀이라면……."

"죄송합니다. 우리가 직접 말씀드렸어야 하는데 초면에 실례가 될까 봐서요."

"그건 괜찮습니다."

"솔직히 저희도 아무 셰프에게나 요청을 하지는 않습니다. 이미 한두 번 실망한 게 아니거든요."

"……?"

"그러다 안드레아 셰프 이야기를 들었죠. 다들 그 셰프라야 우리를 만족시킬 수 있을 거라고 하더군요. 그런데 그 셰프의 맥을 이은 사람은 당신밖에 없습니다."

"……."

"오늘 피곤해서 어렵다면 코리아로 찾아가면 되겠습니까? 3개월 후에 우리 투자단이 코리아 프로젝트를 시작할 거거든요."

'투자단?'

윤기가 고개를 들었다.

"투자단이라면?"

"나름 유명세를 떨치는 큰 손 투자자 22명의 소풍이지요. 혹시 와일드 요리기사단이라고 들어 보셨습니까?"

와일드 요리기사단?

윤기 눈빛이 튀었다. 프랑스에는 특별한 미식을 즐기는 미식가 클럽만 2,000개가 넘었다. 가장 오래된 곳은 타스트뱅 기사단으로 무려 100여 년의 역사를 자랑한다. 그들 중 일부는 글로벌한 클럽도 있었으니 와일드 요리기사단이 바로 그들이었다. 그러나 후발 주자들이라 안드레아와 직접 인연은 없던 곳. 멤버들 전부가 각국의 큰손들이라 거물이 아닐 수 없었다.

"그렇게도 괴식이 당기십니까?"

"당신이 방아쇠를 당긴 거죠. 탕."

모슬리의 검지가 윤기를 겨누었다.

"그렇다면 해 드리죠."

"정말입니까?"

윤기의 승낙에 세 사람이 반응했다. 모슬리와 론디메, 그리고 타이런이었다.

"대신 옵션이 있습니다."

"뭐든지 말씀하시죠. 다 접수해 드리겠습니다."

모슬리가 답했다. 두 사람은 몸이 달아 있었다. 그 또한 요리의 마력이었다. 뭔가 먹고 싶다는 생각이 들면 머리가 하얘지면서 다른 생각이 사라지는 법이었다.

"재료와 장소만 제공하세요. 요리비는 받지 않습니다. 대신."

잠시 숨을 고른 윤기가 남은 말을 이었다.

"3개월 후의 투자 방한 때 저희 호텔에 숙박해 주시기 바랍니다."

"당신이 셰프로 있는 호텔인가요?"

"그렇습니다."

"몇 성이죠?"

"원래는 5성이었지만 부대 시설 문제로 4성으로 등록했습니다. 하지만 한 가지는 분명하죠."

"……?"

"요리만은 5성이 아니라 7성급으로 모실 수 있다는 거."

윤기가 말했다. 3개월 후면 호텔 인수가 끝날 수 있었다. 그 오픈에 맞춰 이들이 와 준다면 홍보로는 최고가 될 수 있었다.

"호텔이라면 5성의 로테로 예약이 끝난 걸로 아는데……."

잠시 고민하던 모슬리가 뒷말을 이었다.

"콜입니다. 멤버들은 제가 설득하죠. 안드레아의 적통 요리라면 1성의 차이쯤은 감수할 것 같습니다."

        *   *   *

황금보스키상.

누구에게 먼저 알릴까?

어머니가 1번이었다.

"엄마."

—송 셰프…….

어머니는 떨고 있었다. 말하기도 전에 가슴을 졸이는 느낌이 왔다.

"황금보스키상 먹었어."

—아악.

핸드폰에서 어머니의 비명이 나왔다.

"엄마, 괜찮아?"

윤기가 묻지만 대답이 없었다. 핸드폰 속에서 작은 소란이 이어진다.

—전 여사님, 전 여사님.

사모님 목소리다.

—아들…….

어머니의 목소리가 다시 전화로 돌아왔다.

—농담 아니지?

"이런 걸로 농담하면 큰일 나지."

—진짜 황금보스키상 그거 먹었어?

"응, 쉽지는 않았지만."

—아유, 하느님…….

어머니 목소리가 또 무너졌다.

"엄마, 약속 잊었어요? 안 운다면서?"

—그게 중요해? 우리 송 셰프가 그렇게 큰 상을 받았다는데?

"그럼 1분 줄게. 실컷 울고 전화해."

―아, 아니야. 됐어. 그럼 지금 어디야?

"방콕에서 조금 떨어진 매끌렁?"

―잘했다. 진짜 잘했다. 우리 아들.

"그럼. 누가 낳았는데……."

―아유, 보태 준 것도 없는 엄마한테 뭘… 잠깐만 사모님 바꿔 줄게.

"……?"

―송 셰프?

목소리가 바뀌었다.

"사모님."

―황금보스키상을 받았다고요?

"네, 사모님이 보내 주신 참조기의 기를 제대로 받았나 봅니다."

―축하해요. 송 셰프라면 그럴 줄 알았어요.

"감사합니다."

―언제 귀국해요?

"내일 들어갈 것 같습니다."

―그래요. 일 잘 보고, 귀국한 후에 한번 봐요. 내가 한턱 쏠게요.

"알겠습니다. 감사합니다."

사모님 뒤에 다시 어머니 목소리가 이어졌다. 이런 통화는 정신이 없다. 어머니를 진정시키고 통화를 끝냈다. 어머니를 울렸지만 기분은 괜찮았다.

다음은 이지용 회장이었다. 어머니를 챙겼으니 이제 비즈니스를 해야 했다.

"회장님, 저 송윤기입니다."

힘찬 인사부터 전했다.

—아, 송 셰프. 방금 연락받았네. 축하하네.

이지용이 선수를 쳤다. 사모님이 그새 연락을 한 모양이었다.

"감사합니다."

—이제 자타 공인 글로벌 셰프의 반열에 올랐어.

"타이틀은 요식 행위고 요리로 인정을 받아야죠."

—글로벌 전문가들에게 인정받은 거 아닌가? 황금보스키상이라면?

"황금보스키상보다 까다로운 게 손님들 입맛이거든요."

—그건 공감하네.

"그런데 제 비즈니스가 하나 추가되었습니다."

—왜? 대회 일정이 남은 건가?

"아실지 모르지만 와일드 요리기사단이라고… 거기 멤버들께서 참관단으로 오셨는데 제게 특별한 요리를 부탁하네요. 이분들 입맛까지 사로잡으면 3개월 후의 한국 투자 방문단 숙박을 저희 호텔에서 해 주시기로 했습니다."

—와일드 요리기사단이라면 글로벌 투자 클럽 말인가?

"아마 그럴 겁니다."

—으음, 이것도 압박이군. 그렇지?

이지용이 웃었다.

"가진 게 없으니 이런 저런 패를 다 보여 드려야죠."

—아무튼 희소식이군. 그런 거물들이 묵으면 호텔 홍보에도

도움이 될 테고.

"그렇죠?"

—하지만 3개월 안에 인수인계를 끝내 달라는 말로도 들려.

"그것도 아마 그럴 겁니다."

—그 일과 상관없이 인수 밑그림은 그려 놓았네. 하지만 좋은 기회 같으니 잘 살리고 귀국하시게.

"감사합니다."

두 번째.

중요한 통화가 끝났다.

다음부터는 편안한 통화가 이어졌다. 김혜주와 설 대표, 에르베, 그리고 리폼 주방의 직원들 등등등이었다.

—진짜요?

—만쉐.

—으아악.

감탄과 비명이 난무한다.

마무리는 수아가 되었다.

—오빠.

수아 목소리가 결과를 캐물었다.

"축하해 줘. 오빠가 수아의 나머지 한 팔도 득템했어."

—오빠, 축하해.

수아의 몸서리가 느껴진다. 팔 때문이 아니었다. 윤기에게 보내는 순수한 마음이었다.

먼발치의 이상백이 그 모습을 보았다. 이상백은 거수 경례를 하듯 쌍엄지척을 쾌척했다. 윤기가 황금보스키상을 탈 자격은 요리뿐만이 아니었다.

황금보스키상의 영광은 고이 접어 두었다. 현대의 인생에는 스펙이 필요했다. 그래서 모은 상일 뿐이었다. 그것은 윤기가 꿈꾸는 최고 미식 호텔의 한 과정에 지나지 않았다.

다시.

앞치마 끈을 묶었다.

괴식.

특별한 테이블이 기다리고 있는 것이다.

*　　　　　　*　　　　　　*

론디메와 모슬리가 알선한 곳은 방콕의 식당이었다. 원래는 미슐랭 별 하나를 받았던 똠양꿍 전문점. 론디메가 아는 곳이니 하루 자리를 빌렸다. 도움은 오너 셰프 사마와리가 맡았다. 30 중반의 여자였는데 눈빛이 맑았다.

"안녕하세요, 셰프."

그녀가 영어로 말했다.

"안녕하세요?"

"황금보스키상이시라고요? 뵙게 되어 영광입니다."

"아닙니다. 오늘 실례를 하게 되었습니다."

"이런 실례라면 언제든 환영이에요."

"주방 구경 좀 해도 될까요?"

"물론이죠. 지금부터는 여기 있는 모든 것이 셰프의 것이에요.

부족한 게 있으면 말씀하세요. 30분 안에 구비해 두겠습니다."

사마와리는 친절했다. 향신료와 와인 등은 양호하게 준비되어 있었다. 기본 소스도 있고 오븐도 많았다.

"식재료는 어디에 있죠?"

"따라오세요."

그녀가 앞서 걸었다. 뒤뜰로 나가더니 수조를 가리켰다.

"저기 있어요."

수조 안에 모슬리가 원하는 식재료가 들어 있었다. 원숭이 골이나 왕지네 같은 거라도 구해 두었나 싶었는데 새끼 악어였다. 동남아라면 악어를 식용으로 쓰는 나라가 많았고 따라서 구하기도 쉬웠다.

역아는, 지금으로 치면 희귀 동물을 많이 다뤘다. 악어도 예외는 아니었으니 악어알부터 초거대 악어, 심지어는 구렁이까지도 통구이 요리로 만든 적이 있었다.

문제는 악어 잡기였다. 악어는 살아 있었고 전기충격기 같은 게 없었다. 전문 악어식당이 아니니 당연한 일인지도 몰랐다.

"이제부터 제가 하겠습니다."

윤기가 말하자 그녀가 물러섰다.

악어.

어떻게 잡을까?

전기충격기를 이용하면 간단하다. 그게 없으면?

윤기가 악어 꼬리를 잡고 들어냈다. 작지만 묵직한 하중이 느껴진다. 야외에 마련된 거대한 나무 도마로 옮겨 갔다.

'미안.'

스윙.

속삭임과 함께 윤기의 두 팔이 허공을 갈랐다. 전기충격기와 같은 충격을 먹이고 숨통을 끊었다. 날카로운 칼로 목의 동맥을 자르니 겉으로는 상처의 표시가 보이지 않았다.

다음은 비늘 제거 작업이었다. 이게 어렵다. 닭처럼 뜨거운 물에 담가 뽑아낼 수도 없고 돼지 털처럼 토치로 그을릴 수도 없었다. 오직 수작업이지만 윤기에게는 역아의 노하우가 있었다.

엉덩이 쪽의 비늘 한 줄을 세로로 떼어 내고 악어를 매달았다. 그런 다음 튼튼한 국자로 긁어내리자 비늘들이 사방으로 튀었다. 수작업으로 3시간 이상 걸리는 일을 10분 만에 해치운 것이다. 비늘이 벗겨진 악어는 비비크림을 발라 놓은 듯 하얗게 변했다.

악어.

어떤 맛일까?

일단은 그게 중요했다 고기의 성질을 알아야 요리의 방향을 정할 수 있었다.

악어고기는 의외로 착한 비주얼이다. 얼핏 보면 닭고기를 연상시킨다. 그래서 그런지 닭고기 맛이 난다. 정확하게 말하면 돼지고기보다는 식감이 약하고 닭고기에 비하면 식감이 도드라진다. 양념 없이 조리하면 돼지고기처럼 보이기도 한다.

이제 등을 갈라 갑옷(?) 해체에 돌입했다. 그 역시 15분 정도면 되었다. 심장과 간은 고이 덜어 내 요구르트에 담갔다. 잡내 제거로는 가성비 탑으로 꼽히는 방법이었다.

그렇게 악어 해체가 끝났다.

"굉장하시네요. 악어요리도 많이 해 보셨나 봐요?"

사와마리가 혀를 내둘렀다.

"네."

간단하게 답했다.

다음은 요리의 주제였다.

뭐로 갈까?

괴식은 야수나 야성에 가깝다. 그러니 가까운 요리법보다는 멀리 가는 게 좋았다.

[솔로몬 왕의 넓적다리 구이]

로즈메리 향을 은은하게 입히는 숯불구이다. 게다가 왕의 요리이니 손님들의 품격에도 맞을 것 같았다.

넓적다리 2개.

이것부터 모양을 잡았다. 사이사이에 칼집을 넣어 로즈메리와 왜당귀, 백리향 잎, 마늘 등을 찔러 넣었다. 그리고 나니 오미자가 아쉬웠다. 그 대안으로 추가된 게 즈네브르 열매였다. 싱가포르의 순록에서 쓰였던 그것. 악어 역시 야생 육류에 속하니 간택을 받았다.

준비된 즈네브르는 향이 좀 약했다. 좋은 즈네브르는 홉과 타임, 칸나비스와 시트러스 냄새가 난다. 그러나 스파이시한 맛은 나쁘지 않았고 소나무 향이 진해 '오미자' 대용으로 쓸 만했다.

두 사람의 체취는 칠미의 균형이 잘 맞는 편. 그 또한 요리 진행을 편하게 하는 요인이었다.

마리네이드가 끝나자 저온수조로 직행했다. 저온수조 덕분에 작업이 한결 수월했다.

4대의 갈비는 수비드 처리를 하지 않았다. 갈비는 뜯는 맛이다. 그 특징을 그대로 살릴 생각이었다.

등심과 안심, 목살, 삼겹살 정도만 구분하고 나머지는 전부 다져 버렸다. 사와마리가 준비해 준 두 개의 데바칼. 양손에 잡고 연주하니 살덩어리가 뽀얀 가루처럼 변했다.

2시간.

윤기가 예정한 시간이었다.

"숯불로 가실 건가요? 오븐으로 가실 건가요?"

사와마리가 물었다.

"숯불이 많이 필요해요. 일반 숯밖에 없는 것 같은데 너도밤나무 숯을 좀 구해 주시겠어요?"

"문제없죠."

그녀가 핸드폰을 꺼냈다.

숯불은 세 곳에 피우기로 했다. 하나는 윤기가 직접 붉은 벽돌을 쌓아 만들었다. 악어가 통째로 올라갈 규모였다. 너도밤나무 숯이 도착했다. 불을 붙이고 악어가죽을 올려놓았다. 가죽훈제바비큐다. 열기만으로 익을 수 있도록 충분한 거리를 두었다.

"후아."

사와마리가 혀를 내두른다. 윤기의 스케일 때문이었다.

다른 숯불에는 남은 갈비뼈를 구웠다. 살을 발라낸 후라 금세 하얀 뼈를 드러냈다. 그것들은 육수를 만드는 통으로 들어갔다.

네 가지 부위는 아담한 스테이크로 잘라 냈다. 이 모든 작업들은 매끌렁에서와 달리 호쾌했으니 베토벤 교향곡을 트럼본 연주로 듣는 듯한 분위기였다.

숯불 1착은 넓적다리였다. 호쾌한 그대로 숯불 위로 올렸다. 볼륨감 때문에 긴 시간이 필요하기 때문이었다. 그다음 차례를 기다리는 건 심장과 간이었다.

괴식.

예전과는 다르다. 손님들 또한 품격이 있으니 몬도가네처럼 날것으로 씹어 먹게 할 생각은 없었다. 그들이 바라는 건 '요리'이기 때문이었다.

요구르트에 재운 심장을 꺼내 피를 제거했다. 이 과정은 꼼꼼해야 한다. 죽은 피는 비린내와 누린내의 시한폭탄을 방치하는 것과 같았다.

팬에 버터와 잘게 썬 양파를 넣고 볶았다. 즈네브르 반 개와 로즈마리도 조금 더했다. 맛의 통일을 위한 조치였다. 빵가루를 더해 스터핑을 마무리하고 심장 안에 채웠다.

베이컨 네 장으로 심장을 감싸고 로즈마리를 올린 후에 대나무 줄기로 묶었다. 로즈마리 건초 연기를 쐰 후에 오븐 속으로 골인.

네 대의 갈비와 스테이크 요리가 이어진다.

다음으로 미니 햄버거 패티와 튀김 준비를 했다.

"……?"

그걸 보던 사마와리가 소스라쳤다. 튀김 과정을 보니 민스 커틀릿이었다. 이건 다진 고기에 다진 채소를 넣고 튀겨 내는 요리다. 그런데 그 사이즈가 압도적이었으니 거의 큰 자몽 크기였다.

2가지 소스를 체크한 윤기가 스테이크 구이에 들어갔다. 숯불에 올리니 연기가 아련하게 피어올랐다. 몇 가지 요리를 동시에 하면서도 하나의 엉킴도 없었다.

시어링은 가히 예술이었다. 오렌지 빛깔의 숯불 중심 빛이 그대로 물드는 것 같았다. 그렇게 구워 낸 스테이크들은 레스팅이 되는 동안 두툼한 뚜껑으로 덮였다.

'흐음.'

냄새는 끝내줬다. 방금 잡은 살이니 신선함이 그랬고 너도밤나무 숯으로 업그레이드시킨 맛의 승화가 그랬다.

촤아아.

이제 민스 커틀릿 차례였다. 올리브기름 속에서 또 한 번의 연주가 시작되었다.

그 시간에 세단이 도착했다. 두 사람이 내렸으니 타이런과 모슬리였다. 둘은 사마와리의 안내에 따라 안쪽 테이블에 착석했다.

"……?"

누가 먼저랄 것도 없이 코가 반응을 했다. 뒤뜰에서 끼쳐오는 냄새였다.

"좋은 데요?"

모슬리가 말했다.

"냄새는 그렇군요."

타이런이 웃었다.

"준비 끝났습니다."

찻잔이 비어갈 때 무렵, 윤기가 홀 쪽으로 들어섰다.

"그래요?"

모슬리가 먼저 일어섰다. 그는 이미 훌쩍 달아올라 있었다.

"아!"

뒤뜰로 나와 야외 테이블을 보는 순간 타이런과 모슬리의 호흡이 멈췄다. 야외 테이블에 차려진 악어요리. 거기 놓인 건 통악어 한 마리였다. 황금빛 악어가 통째로 올라온 것이다.

자세히 보니 그건 아니었다. 엎드린 악어 등 쪽으로 요리가 세팅되었다. 노릇하게 구워진 악어가죽 위에 우뚝한 건 악어의 갈비뼈였다. 네 대를 제외한 갈비뼈를 하얗게 발라내 장식으로 놓았다. 그 위에 깔아 놓은 푸른 대나무잎. 이어 고소한 맛김을 무럭거리는 민스 커틀릿이 놓였다. 그 위로 다시 대나무잎, 그리고 장미처럼 장식된 스테이크들. 마무리 펀치는 상아처럼 흰 광채를 번득이는 갈비였으니 수직으로 세워 놓은 흰 갈비뼈는 제대로 원시적이었다.

메인은 호쾌한 박력의 넓적다리 구이. 좌우로 포진시켜 중심을 잡았다. 그 앞에서 마감된 심장구이와 간 요리. 두 가지의 소스와 함께 거칠게 뿌려진 로즈마리 잎과 3색 후추는 야성의 진미를 제대로 연출하고 있었다.

"솔로몬 왕께서 즐겨 드시던 로즈마리풍의 넓적다리 구이를 중심으로 원시와 현대의 두 가지 주제로 요리를 마쳤습니다."

윤기의 설명은 미치도록 정중했다.

모슬리와 타이런의 귀에는 아무 말도 들어오지 않았다. 악어를 통째로 요리해 버린 이 호쾌함과 장엄함. 두 사람은 맛을 보기도 전에 압도되고 있었다.

찰칵.

사진이 먼저다.

다시 보기 어려운 요리니 사진으로 남겨 두려는 것이다.

"솔로몬 왕?"

핸드폰을 접은 모슬리가 중얼거렸다. 심장과 간을 빼면 오직 숯불만으로 요리한 악어요리. 그 비주얼은 원시의 성찬이라는 말로도 부족할 정도로 실감이 났다. 돌아보니 굵은 장작으로 모닥불 배경까지 만들었다. 그 앞으로 야자나무가 우뚝하니 원시의 밀림 분위기가 제대로 났다.

"괴식이라면 아무래도 야생과 원시라는 양념이 최고라고 생각합니다. 따라서 숯불에 백리향과 로즈마리를 주로 사용했습니다."

"먹어도 될까요?"

"당연하죠. 요리란 보는 게 아니라 먹는 거니까요."

정중한 매너와 함께 윤기가 물러섰다.

와인은 사마와리가 준비한 것으로 시작했다.

"바로 이거였어요. 우리가 원하던 괴식… 뭐 혐오스러운 구더기나 쥐 고기 같은 걸 먹자는 게 아니라 이런 요리를 원했던 거라고요. 그렇죠? 타이런?"

모슬리가 두 팔을 걷어붙였다.

"당연하죠. 원숭이 골이나 키비악, 생후 3일 이내의 생쥐술에 박쥐 커리를 먹어야 만족하는 것도 아니고."

타이런도 서두른다.

키비악은 이누이트들의 식품이다. 바다표범의 내장을 제거한 후에 그 자리에 뇌조나 바다쇠오리의 살을 넣고 몇 달간 발효시킨다. 원주민들에게는 소중한 식량이지만 대도시 사람들에게는 괴식으로 불리는 아이템이었다.

"셰프님."

사마와리가 윤기에게 엄지를 세워 주었다.

모슬리는 넓적다리를 집어 들고 타이런은 민스 커틀릿을 잡았다. 둘의 성향 덕분이다. 모슬리는 그냥 뜯어 먹는 '뜯먹'이고 타이런은 소스를 찍는 '찍먹'이다. 그래도 둘의 입에서 나온 반응은 같았다.

"후아아."

"이야, 이거 사람 미치겠네?"

첫 맛부터 둘의 미각을 홀려 버렸다. 타이런의 민스 커틀릿은 흔적도 없이 사라졌다. 아삭바삭한 튀김옷 안에서 밀려 나오는 감칠맛 덩어리들. 그건 정말 참을 수 없는 유혹이었다. 둘의 입은 미어터질 듯이 부풀었다. 안에 든 걸 삼키기도 전에 다음 한 입이 이어진다. 뇌의 명령이다. 뇌는 맛난 걸 보면 무조건적인 명령을 내린다.

[빨리 먹어 줘.]

허겁지겁.

그 묘사가 딱이다.

두 미식가는 체통도 잊은 채 로봇처럼, 본능의 명령에 충실하고 있었다.

겨우 몇 번 씹고 삼키나 싶더니 와인을 들이켰다. 품격 높은 미식가들 입에서 벌컥거리는 소리가 났다. 와인은 본래 음미하며 마시는 것. 에티켓으로 밴 예절조차 잊어버리는 두 사람이었다.

"이야."

"와우."

이따금 쏟아지는 감탄사조차 거칠었다. 넓적다리를 절반쯤 해치운 모슬리. 다음 공략은 희고 긴 뼈에 매달린 갈비였다. 양갈비처럼 극단에만 살을 붙여 구워 낸 갈비구이. 그걸 두 입 만에 해치우는 모슬리였다.

둘은 이제 교차 공략에 들어갔다. 모슬리가 민스 커틀릿이고 타이런이 갈비구이였다.

"푸허어."

모슬리는 결국 침까지 흘리고 말았다. 민스 커틀릿 안에서 쏟아진 폭풍의 감칠맛 때문이었다. 육즙 홍수를 만났으니 어쩔 수 없는 일이었다.

"아아아."

고개를 저으면서도 손은 멈추지 않는다. 끊임없이 입안으로 밀어 넣고 삼켜 댄다. 제대로 씹는 것도 아니다. 몇 번 씹고 넘기는 수준이었으니 그 또한 뇌의 명령에 의한 동작들이었다.

[빨리 먹어 줘]

[많이 먹어 줘]

"두 분 말이에요. 마치 다른 사람 같아요."

사와마리가 중얼거렸다.

"모신 적이 있나요?"

윤기가 물었다.

"론디메 님이 주관한 미식가 모임에서 두 번요. 식사 매너가 우아하던 분들이었는데……."

"그랬어요?"

"믿을 수가 없네요. 그렇게 젠틀하신 분들이 저렇게 와일드해지시다니… 당신… 요리의 악마인 것 같네요."

"두 분, 와인이 더 필요할 것 같군요."

윤기가 화제를 돌렸다.

"가져올게요."

사와마리가 안으로 향했다. 와인은 벌써 두 병째였다. 와인잔이 새로이 차는 순간 미니 햄버거들도 사라졌다.

폭풍 흡입의 다음 차례는 심장과 간이었다.

"이건 심장, 이건 간 요리로군요?"

모슬리가 윤기를 바라보았다. 아직 먹을 게 남았다는 것. 거기에 안도하는 눈빛이었다. 끄덕, 윤기는 고갯짓만으로 답했다.

"아, 이 맛도 예술입니다. 입에 착착 붙네요."

모슬리의 호평이 이어진다.

"참고로 드리는 말씀인데 악어껍질도 먹을 수 있습니다."

윤기가 팁을 던져 주었다.

"껍질도요?"

모슬리가 먼저 움직인다. 배 쪽의 껍질을 떼어 내니 쉽게 부러져 나왔다.

콰삭.

소리도 야성적이었다.

"이 맛도 장난이 아니네?"

모슬리의 몸서리가 길었다.

악어 성찬은 그렇게 막바지를 향해 달려갔다. 두 사람은 이 요리에 취했으니 스테이크과 민스 커틀릿 하나를 남기고 다 해치워 버렸다. 심지어는 심장과 간 요리까지.

"황금보스키상."

한 점 남은 심장 조각을 삼킨 모슬리가 소리쳤다.

"과연 종신 심사 위원 쿼터는 다르네요. 지금까지 먹어 본 괴식 중에 단연 탑이었습니다. 원시적이고 야성적이면서 요리의 품격까지 갖춘."

"무조건 공감합니다."

타이런이 동의는 자동이었다.

"만족하셨다니 기쁩니다."

윤기가 답했다.

"무엇보다 스케일부터 압도적이었습니다. 악어를 통째로 내놓다니……."

"야생동물을 드시는 분들은 그 야생의 정기까지 다 맛보기를 원하거든요."

"맞아요."

"하지만 생쥐였거나 혐오스러운 식재료였다면 모습을 감췄을 겁니다. 그건 내용물을 먹는 것으로도 충분하니까요."

"넓적다리 구이… 그걸 솔로몬 왕이 애호했다고요?"

"당시에는 양의 다리를 많이 이용했죠. 악어의 다리도 그렇게 큰 편은 아니니 거기에 맞췄습니다. 악어라면 수중의 왕이니 솔로몬 왕의 테이블에 어울릴 것 같았습니다."

"훈제한 것 같던데요?"

"마무리에 로즈마리와 백리향 연기를 입혔습니다. 그건 매끌렁에서 본 체링 셰프의 요리를 응용한 겁니다."

"압권이었어요. 그윽한 로즈마리 향 때문에 질리지도 않았어요."

"민스 커틀릿 말입니다. 이건 어떤 부위를 썼는데 이런 감칠맛이 폭발한 거죠?"

타이런의 질문이 이어진다.

"스테이크까지 잘라 낸 후에 남은 모든 부위를 썼습니다. 고소함을 위해 자체 지방도 첨가했고요. 즈네브르와 함께 오미의 향신료를 넣어 풍미를 더 하면서 서로 다른 맛의 하모니로 감칠맛의 교향곡을 완성시킨 거죠."

"소스는요? 민스 커틀릿과 이토록 잘 어울리는 소스는 처음이었습니다."

"꿀과 발사믹 식초, 그리고 레드와인의 합작품입니다. 악어 퐁을 만드는 시간이 좀 짧기는 했는데 맛은 잘 나온 것 같습니다."

"이 소스는 간장 맛이 나는 것 같던데요?"

타이런이 두 번째 소스를 가리켰다.

"간장 들어간 것 맞습니다. 갈비에도 그 소스를 발랐죠. 짭짤

한 맛이 식욕과 구미를 업그레이드시키거든요. 로즈마리로 훈제를 해서 풍미를 높인 소스였습니다."

"브라보."

타이런의 소감이었다.

"잠깐만요."

모슬리가 핸드폰 체크에 들어갔다. 타이런도 함께 확인을 한다. 두 사람은 이내 흐뭇한 표정으로 변했다.

"보세요. 우리 투자 멤버들인데 셰프의 요리에 다들 탄복하고 있습니다."

모슬리가 문자를 보여 주었다. 통째로 나온 악어에 원시적이면서 야성의 느낌이 고스란히 살아 있는 요리. 그 비주얼만으로도 반하는 멤버들이었다.

"우리 고문님 요청인데요 셰프의 호텔로 옮기는 대신 이 악어요리를 재현해 주면 어떠냐고 하시네요? 이분은 괴식파는 아닌데도 호감이 간다고 해요."

"다른 분들은요?"

"일부는 그냥 호기심이죠. 멤버 중에는 악어요리에 거부감을 갖는 사람도 있으니……."

"20명이라고 하셨죠?"

"예."

"그럼 양이나 염소로 대체하는 게 어떨까요?"

"오, 그것도 괜찮겠네요."

"그 정도는 준비해 드리겠습니다."

"약속하신 겁니다?"

"네."

"그럼 이제 이걸 받으세요."

모슬리가 봉투를 내밀었다.

"돈 대신 저희 호텔 숙박을 약속하신 거 아니신가요?"

"말은 그렇게 했지만 이건 그냥 먹을 수 있는 요리가 아니었어요. 이런 거 그냥 먹으면 이 기분 오래 못 갑니다."

"……."

"받아주세요. 진짜 요리에 감탄해서 드리는 겁니다. 안 받으시면 셰프의 호텔로 간다는 계획 취소해 버릴 겁니다."

"정 그러시면……."

윤기가 호의를 받아들였다.

두 사람은 다음 차례를 만났다. 이상백이었다. 윤기의 말을 들은 이상백이 도착해 있었다. 그가 정중히 인터뷰 요청을 하니 두 거물이 응했다. 맛난 요리를 배불리 먹은 사람은 너그러워진다. 이상백은 그걸 알고 있었고 그렇기에 식사가 끝나는 시간에 맞춘 것이다.

또 하나의 산을 넘은 윤기, 가뿐하게 조리복을 벗었다. 긴장이 풀리자 동남아의 무더위가 그대로 느껴졌다.

돌연,

구멍 난 동남아 얼음 한 조각을 동동 띄운 싱하 맥주 한 잔이 그리워졌다.

"송 셰프."

사와마리에게 싱하 맥주를 얻어 마시고 있을 때 이상백이 돌아왔다. 인터뷰를 마친 눈치였다.

"아니, 황금보스키상 수상자가 이게 뭡니까?"

이상백이 소리쳤다.

"이게 뭐 어때서요?"

"그래도 그렇지, 게다가 저런 거물들 입맛까지 사로잡고는 꼴 랑 맥주 한 잔?"

"지금은 그 어떤 와인이나 꼬냑보다도 맛나요."

"미치겠네."

"기자님도 한잔?"

"뭐 그럽시다. 황금보스키상 수상자가 마시는데 나 혼자 비싼 거 마실 수 없잖아요?"

윤기가 청하자 사와마리가 맥주 두 병을 더 내주었다.

"아이고, 맛 좋네. 동남아 맥주는 역시 얼음을 띄워야 한다니까."

이상백은 거의 원샷 수준으로 마셔 버렸다.

"인터뷰 많이 하셨어요?"

"했죠. 송 셰프의 나라 코리아에서 왔다니까 다들 응하더라고요. 참관자로 왔던 태국 왕족까지도요."

"다행이네요."

"덕분에 목에 힘 좀 줬죠."

"그것도 다행이고요."

"그나저나 저 VIP들… 진짜 셰프의 호텔로 오는 겁니까?"

"확약까지 받았으니 그럴 겁니다."

"이야, 덤 하나 확실하게 받았네."

"기자님은 내기 술 제대로 얻어 마셨어요?"

"이제부터 마셔야죠."

"아직이에요?"

"송 셰프 때문에 연기되었어요. 알버트가 송 셰프랑 같이 만났으면 좋겠다네요."

"흐음, 알버트라면 저한테 더 우려먹을 것도 없을 텐데?"

"그 반대예요. 송 셰프에게 선물이 있다고 하더라고요."

"선물요?"

"자세한 건 나도 모릅니다. 송 셰프에게 좋은 일이라고 하니 내가 어쩌겠어요."

"몇 시 약속인데요?"

"지금 가면 됩니다. 다들 스케줄이 빡빡한 것 같았어요."

"그럼 갈까요? 이제 갈증도 가신 것 같으니."

윤기가 일어섰다. 사와마리에게 또 한 번의 인사를 챙기고 나왔다. 뒤뜰에는 아직도 악어구이 냄새가 남았다.

'고마워.'

뒤뜰에 인사를 하고 택시에 올랐다.

"브라보."

기자들과의 축하 파티가 시작되었다. 알버트가 물색한 작은 바였다. 앤틱하기 그지없지만 칵테일부터 꼬냑까지 있을 건 다 있었다.

"축하합니다."

첫 건배를 권한 건 히로토 기자였다.

"이 친구, 이제 송 셰프 팬입니다. 우리가 단체로 구워삶았어요."

이상백이 히로토에게 어깨동무를 걸었다.

"초록은 동색이군요?"

윤기가 웃었다. 같은 기자들이기 때문이었다.

"그게 아니고 압도당한 거예요."

"압도?"

"보스키가 송 셰프에게 칼을 주었다면서요? 그 말 듣더니 GG 치더라고요. 레이 셰프의 말이 보스키는 실력을 인정하는 사람이 아니면 자기가 아끼던 물건을 주지 않는다고 해요."

"그렇군요."

"아무튼 이제 구경만 하세요. 일본에서도 송 셰프 요리가 팍팍 뜨게 될 테니까요."

"이 기자님 활약이 저보다 한 수 위인데요?"

"뭐, 한국 사람이 외국에 나오면 다 국뽕에 취하지 않습니까? 여기서는 송 셰프 띄우는 게 애국이에요."

"고맙습니다."

"이봐요. 알버트, 이제 그만 비밀의 봉인을 벗기시죠? 우리 송 셰프는 좀 쉬어야 하거든요."

이상백이 알버트에게 압박을 가했다.

"그럴까요?"

알버트가 노트북을 꺼냈다. 그러더니 화면 하나를 불러냈다.

"레이철 레이?"

이상백을 비롯한 기자들이 동시에 말했다. 화면 속의 여자는 미국 방송 요리 분야의 전설 레이철 레이였다.

"맞습니다. 코드동 브르 요리학교를 졸업하고 그 고급 요리와 슈퍼마켓 재료를 결합한 33분 요리로 미국 전역을 장악한 레이철 레이입니다. 한 해 수입만 2,000만 불에 가깝죠."

"그럼 혹시?"

이상백의 기자 촉이 발동을 한다. 뭔가를 감지하는 눈치였다.

"잠깐만요."

양해를 구한 알버트가 영상통화를 시작했다. 그러자 그 화면에 남자 얼굴이 나왔다.

"푸드네트워크 방송사 수석매니저 조나단입니다. 레이철 레이를 비롯해 여러 셰프들을 글로벌 빅 스타로 만든 분이죠."

자그맣게 속삭인 알버트가 카메라를 윤기 쪽으로 고정시켰다.

―축하합니다. 황금보스키상 사상 최초의 100점 만점의 송윤기 셰프님.

화면 속 남자가 인사를 해왔다.

"안녕하세요?"

윤기도 인사를 갖췄다.

―조나단입니다. 당신처럼 특별한 셰프들을 목 놓아 찾아다니는 사람이죠.

"감사합니다."

―단도직입적으로 말씀드리는데 저희 새 프로그램의 출연을 정식으로 요청합니다. 이번에 특집으로 레이철 레이의 아시아, 아프리카 순회 특집극을 준비 중인데 첫 방송 편에 셰프를 담고 싶

습니다.

"네?"

─새 특집극 말입니다. 우리가 심혈을 기울이는 프로그램입니다. 허락하신다면 당신으로부터 시작하고 싶습니다. 레이철 레이에게도 물어봤더니 대환영이라고 하더군요.

"와아아."

조나단의 말이 다 끝나기도 전에 기자들의 환호성이 먼저 울렸다. 천둥소리 같았다.

제4장

—

MOU를 체결하다

"오빠."

수아가 달려왔다. 인천공항이 입국장이었다. 윤기가 수아를 안아 들었다. 그 장면이 이상백의 카메라로 들어갔다.

펑펑.

취재 나온 몇몇 기자들의 셔터가 그 그림을 담았다.

"오빠, 이거."

수아가 장미 한 송이를 내밀었다. 로봇 팔의 그 손이다.

"고마워."

꽃을 받아 들자 다른 얼굴이 보였다. 김혜주와 진규태, 은서, 그리고 오 관장과 수아 어머니였다.

"송 셰프."

김혜주가 두 팔을 벌렸다. 어느새 친남매처럼 케미가 좋아진

두 사람이었다.

"바쁜데 또 나오셨어요?"

윤기가 웃었다.

"안 나오면? 송 셰프는 나 아카데미상 같은 거 타면 안 올 거야?"

"당연히 오죠."

"그럼 그런 말 하지 마. 알았지?"

"네."

대답하는 윤기 눈에 은서가 들어왔다.

"팀장님은 또 왜 오셨대요?"

윤기가 진규태를 바라보았다.

"하루 연차 냈지. 우리 은서가 송 셰프 보러 가자기에."

진규태가 은서 등을 밀었다. 은서도 꽃다발을 가지고 있었으니 그 꽃도 받아 들었다.

"뭐야? 이제 보니 다 우리 송 셰프랑 뜨거운 사이들이잖아? 같이 좀 서 봐 봐요."

이상백이 은서와 수아를 윤기 곁으로 모았다.

펑펑.

셔터가 다시 작렬한다.

"기왕이면 황금보스키상패도 들어 주세요."

기자들의 요청이 나왔다. 그건 수아의 로봇 팔에다 안겨 주었다. 수아가 얼굴을 붉히는 사이에 카메라가 터졌다.

"수아 말이야, 내가 방송 출연시켜 주기로 했다."

김혜주가 낭보를 전해 왔다.

"정말요?"

"지난번에 들은 노래가 귀에서 떠나지를 않잖아? 아는 음악 피디에게 노래 녹음 들려 주었더니 다음 달에 전국 어린이 트롯 특집대회 꾸미는데 출전시켜 주겠다고 했어."

"우와, 우리 수아 가수 되는 거 아니야?"

"오빠처럼 1등 먹을 거야."

수아가 답했다. 자신감으로 빵빵한 얼굴이었다.

"봤지? 요리는 송 셰프, 노래는 수아… 나 동생 복 터진 것 같아."

김혜주가 수아 어깨를 감싸며 웃었다.

"어?"

윤기 눈이 다시 출렁거렸다. 낯익은 사람이 공항으로 들어서고 있었다. 어머니였다.

"엄마."

윤기가 손나팔로 외쳤다.

"송 셰프."

어머니가 달려온다. 꽃다발을 두 개나 들었다.

"아유, 내 아들."

그대로 윤기를 안아 버린다.

"엄마, 설마 울 거 아니지?"

어머니를 품은 채 가만히 속삭였다.

"안 울지. 엄마가 무슨 울보인 줄 알아?"

어머니가 고개를 들었다. 정말 눈물이 없었다.

"받아. 하나는 내가 샀고 또 하나는 사모님이… 송 셰프 오는 날이라고 하니까 바로 공항으로 쫓아 버리시더라고."

"그랬어?"

"고생 많았지?"

"엄마도 이런 상 받으면 그런 생각 안 들걸?"

윤기가 어머니 품에 황금보스키상을 안겨 주었다.

"이거 내가 들어도 돼?"

"당연히."

"아들……."

어머니는 결국 눈시울을 붉히고 말았다. 이번에는 말리지 않
았다. 울고 싶을 때는 울어야 한다. 그걸 참으면 병이 된다.

부릉.

윤기 차에 시동이 걸렸다. 어머니 위치는 조수석이다. 윤기가
네비게이션을 세팅했다. 목적지는 이지용 회장의 저택이었다.

"지금 가면 계실 거야."

어머니의 정보(?) 때문이었다. 방콕에서 비행기를 타기 전, 페
드로 회장의 확약을 받았다. 그 역시 황금보스키상을 진심으로
축하해 주었다.

"송 셰프님 멋쟁이, 축하해요."

바바라의 원격 키스는 덤이었다.

"회장님."

일단 전화부터 걸었다. 그게 예의였다.

"지금 공항에 도착했습니다. 괜찮으시면 찾아뵈려고요."

─내 선친 저택으로 오시게. 나 지금 거기로 가는 중이니까.

이지용의 답이었다.

선친의 집이라면 그랑 서울 호텔 인근이었다. 네비게이션 입력을 수정했다.

"송 셰프, 파이팅."

김혜주가 무운을 빌어 준다. 수아와 은서 등도 손을 흔든다. 모두의 응원을 등에 업은 윤기 차가 공항주차장을 빠져나왔다.

시원하게 속도를 올렸다.

그랑 서울의 인수도 이렇게 시원하기를 바라면서.

어머니를 집에 내려주고 이지용 선친의 사택으로 향했다. 신마호텔과 그랑 서울이 한눈에 들어온다. 언제나 거인처럼 느껴지던 신마호텔. 오늘은 하나도 의식되지 않았다. 반면 그랑 서울은 더 애틋하게 보였다. 이제 윤기 것이 되는 것이다.

"송 셰프님."

사택 옆 공간에 차를 세우자 이지용의 운전기사가 다가왔다.

"안녕하세요?"

안면이 있으니 윤기가 먼저 인사를 했다.

"들어가세요. 기다리고 계십니다."

그가 사택 대문을 가리켰다.

이지용 선친 이건우의 집.

한마디로 폼 났다. 다소 낡은 감이 있지만 웅장하고 유려하다. 파란 기와는 언제 봐도 하늘을 향해 웅비하는 모습이다. 거기 날짱 내려앉은 어처구니들은 왜 또 저렇게 정감스레 보이는지.

"송 셰프."

발을 들여놓기 무섭게 이지용이 손을 흔들었다. 거대한 솜사탕처럼 부드럽게 가꿔진 다복솔 앞이었다.

"축하하네. 황금보스키상."

그가 손을 내밀었다.

"감사합니다."

"기사 보니 어마어마했더군. 두 번 다 기적의 반전을 썼어?"

"기사 보셨습니까?"

"뉴욕 타임스가 먼저더군. 그걸 읽기 무섭게 KBN과 배달겨레 신문에도 대서특필 되었어."

"그러셨군요."

"일본의 레이와도 붙었더군. 그 친구는 나도 아는 셰프라네."

"그러세요?"

"일본 최고의 음식점에서 총괄요리를 맡은 사람이지. 일본 요리의 미래라고 들었는데… 요리도 깔끔하고 담백했고."

"레이는 운이 나빴을 뿐입니다."

"맞아. 우리 송 셰프의 기세는 드라마 속의 대장금이 수백 명 달려들어도 어쩌지 못할 상승세니까."

"과찬이십니다."

"겸손하지 않아도 되네. 한국인 최초의 황금보스키상이야. 그게 어디 형식이나 겨루는 다른 요리 대회와 같나? 실력과 셰프들이 나오는 대회야."

"다들 엄청나기는 하더군요."

"거기서 챔피언을 먹었어."

"아니면 회장님의 마음이 변할지도 모르니까요."

"첫번째 반전의 요리가 역돔소금구이?"

"예……."

"사진 봤네. 이상백 기자의 기사를 보니 처음에는 한숨이 나왔다고 하더군. 최고의 요리 대회에서 소금이나 뿌려서 구워 대는 바람에……."

"소중한 것들은 대개 깊은 속에 들어 있는 법이니까요."

"명언이군. 깊은 속……."

"……."

"두번째 요리도 그랬네. 포근하고 자애로운 쿨리비악… 평범한 어머니의 요리를 표방하면서 겉보다 속의 힘으로 뒤집어 버렸다고?"

"예."

"황금보스키상 역사상 최초의 100점 만점이었다고 하더군."

"아마도 처음에 가졌던 선입견에 대한 보상 점수가 아니었을까요?"

"송 셰프의 의도였겠지?"

"그렇습니다. 결선의 두 셰프는 막강했으니 평범한 방법으로는 차별화되기 어렵다고 생각했습니다."

"그래서 가장 평범함 속에 가장 위대함을 숨겼다?"

"보통은 그럴 때 감동을 받게 되니까요."

짝짝.

이지용의 대답은 말대신 박수였다.

"여긴 내 아버지의 집일세."

그의 시선이 다시 정원으로 향한다. 여기야 말로 진짜 정원이라는 말을 들을 자격이 있었다. 형식적으로 만든 공간이 아니었으니 다북솔과 향나무들, 아기자기한 석등조차 자연스러운 배치를 이루었다. 보면 마음이 편해지는 곳이었다.

"알고 있습니다."

"구경하시게."

이지용이 집을 가리킨다. 모든 문은 열려 있었다. 집은 규모가 있었다. 중앙의 마루는 넓고 쾌적했다. 더 마음에 드는 건 천정이 높다는 것. 소나무 원목을 서까래로 쓴 덕에 은은한 솔향이 내려왔다.

내부는 고아한 느낌이었다. 편안하게 성찬을 즐기는데 부족함이 없었다. 심지어는 사랑채까지 딸렸다. 그 또한 요긴하게 쓸 수 있을 것 같았다.

아쉬운 건 주방 뿐이었다. 가정집이었기에 그렇게 넓지 않았다. 옆으로 작은 방이 있으니 그 문을 터서 연결하면 될 것 같았다.

오랜 시간이 지났지만 소탈한 한옥 디자인의 수려함이 제대로 보존된 집. 이만하면 미슐랭 별 셋의 레스토랑으로 써도 손색이 없었다.

'이건우 회장님.'

안방 앞에 서서 가만히 속삭였다.

'감사합니다.'

인사도 정중히 올렸다. 곳곳에 남은 그분의 손길과 흔적에게 보내는 경의이자 감사의 표현이었다.

"잘 봤습니다."

다시 정원으로 나와 이지용에게 말했다.

"마음에 드나?"

"예."

"직전 임차인이 한학자셨네. 선친과 교분이 깊어 이 집의 내력을 잘 알지. 그래서 깔끔하게 쓰셨어."

"……."

"아까 이 집이 우리 선친의 것이라는 걸 알고 있다고 그랬지?"

"예."

"그럼 이 집의 대부분을 우리 선친께서 지었다는 것도 알고 있나?"

"……?"

윤기가 소스라쳤다. 이 집을 이건우 회장이 지었다니?

"그건 몰랐습니다."

"대개 그렇지. 멋진 집이 있으니 유명한 건축가가 지었겠지라고 생각해. 송 셰프의 요리처럼 속을 들여다볼 생각은 않고."

"……."

"그래서 팔지 못하고 있었네. 이 집의 주인은 우리 아버지시니까."

"……."

"우리 아버지 말일세, 그러면서도 낭만적인 분이셨네. 어려운 일이 생기면 여기 서서 이런 방법으로 갈 길을 모색하곤 하셨지."

이지용이 정원의 흑장미 한 송이를 꺾어 들었다.

"이번 사업 된다, 안 된다……."

이지용이 장미잎을 하나씩 떼어 냈다. 이건 윤기도 알고 있었다. 중학교 다닐 때 짝꿍 여자에게 배웠다.

[사랑이 이루어진다, 안 이루어진다.]

그 아이는 누군가를 좋아하면 장미꽃잎부터 떼어 냈다.

안드레아도 즐긴 방법이었다. 폴 보스키의 본진을 쳐들어간 날, 무례하게도 검은 송로버섯 수프를 떡밥으로 던져 놓은 그날도 장미꽃잎을 떼어 내며 그를 기다렸었다.

나온다.
안 나온다…….

"송 셰프의 운을 걸어 볼까? 우리 아버지의 집을 품을 자격이 있는지?"
이지용이 장미꽃을 내밀었다.
"그러죠."
윤기는 기꺼웠다. 확률은 50%다. 하지만 그런 기회 앞에 와 있다는 사실이 중요했다.
똑.
장미잎 하나가 떨어졌다.
"가능합니다."
똑.

또 한 잎이 떨어졌다.

"불가능합니다."

장미꽃잎이 하나둘 발밑에 쌓인다.

장미꽃잎.

피보나치 수열에 속한다. 백합은 3, 패랭이는 5, 코스모스는 8, 금잔화는 13, 쑥부쟁이는 55… 하지만 모두가 그런 것은 아니었다. 인공 개량이 대세를 이루면서 예외가 생겼다. 그런 종들은 피보나치의 법칙을 따르지 않았다.

"가능하다……."

남은 몇 장을 떼어 내던 윤기 손이 잠시 멈췄다. 남은 꽃잎은 한 장이었다

"불가능하다……."

그걸 내려놓고 다른 장미를 따 들었다. 그 행동은 몹시 태연했으니 이지용조차 미소 짓게 만들었다.

다시 카운트에 들어갔다.

"가능하다."

똑.

"불가능하다."

똑.

"가능하다."

결국 가능하다로 마감을 했다. 만약 이번 꽃송이로도 불가능이 나오면 나올 때까지 할 생각이었다.

"가능하다로 나왔습니다."

윤기가 이지용을 바라보았다. 꽃잎과 윤기를 번갈아 바라본

이지용, 뜻밖의 말을 던져 놓았다.

"정답을 보았군?"

"그런 겁니까?"

"가능하다가 나올 때까지 할 생각이었지?"

"예."

"선친도 그러셨네. 된다가 나올 때까지 계속 꽃잎을 따셨어. 다섯 송이든 열 송이든 말이야. 그러니 안 될 일이 없었지."

"……."

"남들이 들으면 미신이라고 할지 모르지만 선친은 자기 최면을 걸었던 거야. 강력한 자기 최면으로 긍정적인 자세를 가지신 거지."

"멋진 분이셨군요."

"그 멋짐을 송 셰프가 이어 가시게."

이지용이 시선을 들었다. 묵직한, 그러나 신뢰가 가득한 카리스마가 윤기를 겨누고 있었다.

"오늘부터 이 집은 송 셰프의 것이네. 당장은 장기 임대 형식으로 줄 테니 꿈을 펼쳐 보시게. 자네가 꾸는 꿈만큼 위대해지면 그때 정식으로 매매를 하겠네. 되었나?"

"회장님……."

"그랑 호텔 인수도 시작하시게. 법률적 검토도, 자금 준비도 끝났네."

"감사합니다."

"황금보스키상… 가만히 돌아보니 느닷없이 뛰어들어 결선에 올랐고 오전의 대역전에 이어 오후에 기적의 100점을 찍었더군.

송 셰프의 호텔 사업도 그런 기세로 개척해 가길 바라네."

"한 가지 더 도와 주실 일이 있습니다."

"뭔가?"

"호텔 경영을 책임질 사람 말입니다. 면접 때 잠시만 시간을
내주십시오."

"면접관이 되어라?"

"페드로 회장님께도 부탁을 드릴 겁니다."

"피할 수 없는 요청이로군?"

"허락하신 걸로 알겠습니다."

"알겠네."

이지용이 손을 내밀자 윤기가 그걸 잡았다.

"우리 이제 제대로 동업자야, 그렇지?"

"그렇군요."

"파이팅?"

"네, 회장님."

이지용의 격려에 윤기가 환하게 웃었다.

[송윤기 셰프, 세계 최고권위 요리 대회 황금보스키상 수상]
[송윤기 셰프 쿨리비악으로 기적의 반전을 쓰다]

짝짝짝.

초대형 현수막이 내걸린 그랑 서울 호텔 앞.

거의 전직원이 도열한 가운데 윤기가 환영의 박수를 받았다.

"셰프님."

창혁의 꽃다발이 시작이었다.

"최고였어요."

주희의 꽃다발이 안겨지고,

"축하해요."

이리나와 직원들의 꽃이 그 위로 쌓였다.

"축하하네."

설 대표가 윤기를 포옹했다. 유 이사와 황 부장 등의 간부들은 말할 것도 없었다. 윤기는 꽃다발에 묻혀 버렸다.

"대표님."

설 대표 방에서 바로 본론에 들어갔다.

"정식으로 인수 계약서를 요청합니다."

"준비하고 있었네."

설 대표가 웃었다.

"인수대금 지불 조건을 시작으로 모든 것을 송 셰프에게 유리하게 세팅했네. 내가 해 줄 것은 이것밖에 없어서 말이지."

"그럼 대표님이 곤란해지지 않습니까?"

"송 셰프가 그랑 서울을 살려 놓으면 내 평가도 달라지지."

"그럼 염려하지 않겠습니다."

"디데이를 언제로 잡을까?"

"오늘로 하시죠."

"대세를 몰자?"

"소문이 퍼지면 직원들이 뒤숭숭해지잖습니까? 그러니 미리 밝히는 게 좋을 것 같습니다. 인수인계에는 시간이 좀 걸릴 테니까요."

"호텔 인수도 요리처럼 제대로 하는군."

"네?"

"조금 더 해도 조금 덜 해도 맛이 변하는 요리 말이야. 내가 생각해도 최적의 타이밍이네. 지금 발표하면 직원들의 동요가 별로 없을 거야."

"대표님도 남아 주시는 조건입니다."

"말은 고맙지만 그렇게 되면 쇄신이 힘드네. 간부들 몇몇은 교체를 해야 하네. 그래야 송 셰프 뜻을 펼치기 수월하니 내가 마무리를 하고 가겠네."

"대표님……."

"나는 매각이 끝나는 대로 다른 자리가 예정되어 있어. 대신 적임자 몇 명을 물망에 추천할 테니 송 셰프가 면접으로 고르면 될 거야."

설 대표의 뜻은 확고했다. 남으면 좋겠지만 떠나는 것도 나쁘지 않았다. 설 대표의 말 때문이었다. 그랑 서울은 이제 〈미식호텔 '리폼'〉으로 바뀐다. 직원들의 경각심을 자극하기 위해서도 변화는 필수적이었다.

"아쉽군요."

"어딜 가든 송 셰프를 응원할 걸세. 나도 힐링요리 먹으러 주 올 테고."

"그럼 1억 회원권부터 팔아야겠는데요?"

"그 말 안 하면 매각에 딴죽 걸 생각이었네. 제대로 된 경영 마인드라면 사세 확장이 우선이니까."

"감사합니다. 대표님."

"이지용 회장님에 외국의 자본, 게다가 저명인사 30여 명의 선회원권 확보… 거기에 황금보스키상을 올려놓았으니 송 셰프 플랜대로 최고 미식 호텔의 역사를 써 주기 바라네."

설 대표의 당부는 따끔했다.

"여러분."

설 대표가 회의실 앞으로 나왔다. 프론트 오피스와 백 오피스의 팀장급 이상의 간부들이 모두 참석한 회의였다. 유 이사와 황 부장에 최현식 조리부장 등도 촉각을 곤두세웠다. 중대 발표라는 말을 들은 까닭이었다.

"그동안 그랑 서울을 위해 분투해 주서서 고맙습니다. 특히 리폼 팀을 위시한 조리부에 경의를 표합니다. 덕분에 그랑 서울의 위상이 많이 올라갔습니다."

"……."

"하지만."

설 대표의 억양이 여기서 튀었다.

"그럼에도 여러분에게 이런 소식을 전하게 되어 유감입니다. 모든 것은 제 경영 능력이 부족한 탓이니 저를 탓하면 될 것 같습니다."

"……."

"우리 그랑 서울, 안타깝게도 매각이 결정되었습니다."

"악."

비명이 터졌다. 이리나와 장세희 등의 팀장들이었다.

"하지만 너무 걱정하지는 마십시오. 새 경영자께서는 여러분의 고용 승계를 약속했고 파리의 본사도 그런 조건하에 매각을 결정한 것이니까요."

"대표님은요?"

"새 인수자께서 제 고용도 보장했지만 저는 당연히 물러납니다. 새 술은 새 부대에 담는 게 좋으니까요."

"대표님……."

"한 가지 다행스러운 것은 이 매각이 그랑 서울과 여러분에게는 최상의 결정이라는 사실입니다."

"최상이라뇨?"

장세희 팀장이 중얼거렸다.

"이제 곧 그 인수자께서 오실 겁니다. 그분을 보면 제 말을 이해하게 될 겁니다."

"대기업에서 인수하는 건가요?"

질문이 나왔다.

"그렇지는 않습니다. 하지만 그보다도 더 나은 결과를 안겨 줄 사람입니다."

"대기업이 아니면 누가……."

"그러게……."

팀장들이 술렁거린다.

"아아, 동요하지 마세요. 원래 매각 협상이 완전히 끝난 후에 발표하려고 했지만 이분의 뜻에 의해 여러분들 앞에서 매각 협상을 체결하려고 여러분을 모신 겁니다. 그것만 봐도 이분의 진심을 알 수 있지 않을까요? 이런 경우는 매각에서 찾아보기 힘든 일이니까요."

"……."

"박 비서."

설 대표가 문 앞의 여비서를 바라보았다. 그러자 그 문이 열렸다.

"……?"

문으로 들어선 사람을 확인하는 것과 동시에 간부들이 소스라쳤다.

"송 셰프?"

누군가가 먼저 소리쳤다.

"여러분, 박수로 맞아 주세요. 그랑 서울을 인수하시게 될 새 경영자 송윤기 셰프십니다."

"……!"

설 대표의 소개가 나왔지만 모두가 얼어붙었다.

송윤기 셰프.

그랑 서울의 메시아였다. 어느 날 돌연 부각된 날부터 호텔 판도의 게임 체인저가 되었다.

어느 호텔 근무해?

아, 그게 말이지…….

윤기가 리폼을 맡기 이전의 분위기였다. 그 분위기가 변했다.

어느 호텔 근무해?

그랑 서울요. 요리로 유명한 호텔이에요.

그걸 모르는 직원들은 없었다. 이번에는 최고 권위의 보스키 도르 요리 대회에 나가 쟁쟁한 셰프들을 물리치고 황금보스키상 까지 품고 왔다.

하지만.

그는 아직 20대의 셰프였다. 요리는 인정하지만······.

모두의 마음을 읽은 걸까? 설 대표의 다음 말이 이어졌다.

"송윤기 셰프는 세계 최고의 미식 전문 호텔을 꿈꾸고 있습니다. 그 실력은 여러분 모두가 주지하는 바, 능력을 인정한 신세기의 이지용 회장님과 글로벌 투자자 페드로 회장님께서 전격 투자를 결정해 인수 계약을 체결하게 되었습니다."

"······."

"다시 말씀드릴까요? 송윤기 셰프는······."

짝짝.

설 대표 설명이 반복되려는 찰나에 박수가 나왔다. 진규태였다. 그 뒤를 이리나와 장세희, 최현식 조리부장 등이 이었다. 그게 신호였다. 모든 간부들이 일어나 윤기를 맞이했다.

뒤쪽의 현수막이 바뀌었다.

[그랑 서울 호텔, 매각 MOU 체결식]

그 아래서 윤기와 설 대표가 서류에 사인을 했다. 그런 다음 체결서를 들어 보이자 다시 한번 박수가 이어졌다. 윤기가 그랑 서울을 품에 안는 순간이었다.

"무슨 일이지?"

리폼 주방의 휴게실에 들어서자 에르베가 고개를 두리번거렸다. 밖에서 들린 소란 때문이었다.

"별일 아닙니다."

윤기가 커먼말로우꽃이 담긴 잔을 내밀었다. 거기다 레몬 주스를 채우자 핑크빛으로 변했다.

"고마워."

에르베의 한국말이었다.

"하지만 나는 이것 말고 다른 게 먹고 싶은데."

"뭔데요?"

"포근하고 자애로운 쿨리비악."

"해 드릴까요?"

"진짜?"

"오늘 저녁에 먹게 해 드리죠. 방콕과 똑같은 것으로."

"정말이지?"

에르베 목소리가 톡 튀었다. 정말 먹고 싶은 모양이었다.

"대신 부탁이 하나 있습니다."

"말해 봐. 뭐든 들어줄게."

"그 약속은 제가 방콕으로 가기 전에 이미 하셨습니다."

"두 가지라도 좋아. 어차피 한국에 머물 날도 머지 않았으니까."

"바로 그겁니다. 한국에 머무는 거."

"응?"

"죄송하지만 여기 리폼호텔에서 분자요리와 프랑스 요리를 맡아서 저를 도와주세요."

"송 셰프, 그 실력이면 나는 필요없잖아? 게다가 나는 본사의 명령에 따라야 하는 몸이고. 응? 그런데 지금 뭐라고 그랬어? 리폼호텔?"

"네, 리폼호텔."

"그게 무슨 뜻이야?"

"머잖아 그랑 서울의 주인이 바뀌게 됩니다. 여기 남게 되시면 파리 본사의 명령은 따르지 않아도 되는 거지요."

"주인이 바뀐다고?"

에르베가 시선을 들었다. 그때 경모와 창혁 등이 문을 열고 들어왔다.

"셰프님."

잔뜩 흥분한 목소리였다.

"셰프님이라니? 대표님이라고 했잖아?"

뒤에서 들리는 목소리의 주인공은 진규태와 석재명이었다.

"대표?"

에르베가 진규태를 바라보았다.

"경모야, 똑똑히 통역해 드려라. 우리 송윤기 대표님이 요리에 반한 큰손들의 투자를 받아 그랑 서울을 인수하게 되었다고. 조금 전에 MOU까지 체결했다고."

진규태의 지시를 받은 경모가 띄엄띄엄 통역을 시작했다. 송윤기 대표, 투자, 인수, 그 단어들이 강조되었다.

"송 셰프가 이 호텔의 주인?"

에르베 목소리가 볼 맞은 콩알처럼 튀었다.

"마침 잘됐네요. 여기 많은 증인들 앞에서 다시 요청합니다. 이 호텔을 최고의 미식 호텔로 꾸밀 생각입니다. 그러니 여기 남아 저를 좀 도와주세요."

윤기가 고개를 숙였다.

"송 셰프가 이 호텔의 주인?"

"예."

"맙소사."

"……."

"그럼 이 호텔이 요리 천국이 되는 건 문제없지. 내가 원하는 것도 그런 곳이고."

"에르베 셰프님."

"처음 내 분자요리실에 쳐들어와서 했던 말 생각나?"

"급속 냉동기 한 번만 쓸 수 있을까요?"

"맞아. 당돌했지."

"그래도 빌려주셨잖습니까?"

"그때 안 빌려줬으면 인생을 두고 후회했을 거야. 송 셰프하고 척을 졌을지도 모르니까."

"맞아요. 저 알고 보면 뒤끝 작렬 장난 아니거든요."

"송 셰프라면 일생을 함께할 만한 셰프지."

"허락으로 받아들여도 되는 겁니까?"

"당연하지. 송 셰프의 플랜에 탑승하는 일이잖아? 이렇게 매력적인 조건을 거부하면 멍청한 셰프라는 증명일 수밖에."

"고맙습니다. 셰프님."

"그래도 그 약속은 지켜야 해. 포근하고 자애로운 쿨리비악."

"곱배기로 해 드리죠."

윤기의 확약이었다.

"뭐라는 거예요?"

창혁이 경모를 재촉했다. 불어 때문이었다. 분위기는 좋았다. 그래도 궁금하기는 마찬가지였다.

"에르베 셰프님이 떠나지 않고 리폼에 남기로 하셨어."

"와아."

통역이 나오자 창혁이 환호를 했다. 하지만 그 옆 경모와 명규 등은 표정이 미묘해진다. 진규태도 그랬다.

"다들 표정이 왜 그래요?"

윤기가 물었다.

"아니, 아무것도……."

진규태가 뒷말을 흐린다. 찔리는 데가 있는 것이다. 최근에는 아니지만 평균적으로 윤기에게 잘하지 못했다. 요리 실력으로 어필할 수 있는 것도 아니었다. 그 마음이 경모와 명규에게도 전염이 되었다.

'리폼의 세프 윤기'와 '리폼의 오너 윤기'는 다른 의미였다.

"진 팀장님."

윤기가 진규태를 불렀다.

"응? 네?"

진규태가 갑자기 버벅거린다.

"다들 왜들 그래요? 그냥 평소처럼 하세요."

"……."

"분명히 말씀드리는데 조리부 직원들 절대 사표 안 받습니다. 진 팀장님과 리폼 팀원들은 더 그렇고요."

"대표님……."

"아직 대표 아니고요, 인수해도 송 셰프입니다. 저 계속 주방 지킬 거고요, 죽을 때까지 요리할 거예요. 그리고 에르베 셰프님처럼 다른 나라 사람도 저를 돕기로 하는 판에 여러분이 뒤통수칠 생각을 해요? 여러분이 그것밖에 안 되는 사람들이에요?"

"우리가 뒤통수는 무슨……."

"그럼 가서 자리 지키세요. 곧 디너 타임이잖아요?"

윤기의 쐐기였다. 퍼뜩 정신이 든 멤버들, 바로 요리 준비에 돌입했다.

이글거리는 숯불에 LGY 스테이크를 올렸다. 연기와 함께 맛난 냄새가 피어오른다. 옆의 에르베와 앞쪽 경모의 손이 빨라진다. 이제는 손발이 척척 맞는 리폼의 팀원들…….

에르베를 잡았으니 한 사람만 더 잡으면 될 것 같았다.

'구찬홍 팀장님…….'

그가 오면 화룡점정이다. 주방의 신구 조화가 완성되고 요리의 격이 올라갈 수 있었다.

푸근하게 피어나는 스테이크 연기를 따라, 윤기 마음은 그가 있다는 산으로 날아가고 있었다.

제5장

후방 효과

"어서 오세요."

주희와 이리나가 VIP들을 영접했다. 이지용 부부가 내리고 김혜주가 내렸다. 백화요와 그 부친도 있었다. 김민영과 추 피디, 장대방 관장, 전송화, 육식만과 율미 등도 뒤를 이었다. 이지용과 백 회장이 인사를 나눈다. 그 뒤로 이상백이 내렸다. 부부 동반이었다.

"이 팀장님."

"어서 오세요."

"송 셰프 특별초대 맞죠?"

"맞죠."

"저는 아무래도 올 자리가 아닌 거 같은데?"

"그럴 리가요. 송 대표님이 주신 메모에 밑줄까지 그어져 있었습니다."

"거참… 송 셰프 요리라니 거절할 수도 없고… 들어가자고."

이상백이 아내를 앞세웠다.

그다음은 식재료상 김풍원 사장이었다. 부부 동반에 중학생 딸까지 딸렸다. 마지막으로 내린 건 KIST 김 박사와 오 관장, 그리고 수아 일행이었다.

"에르베 셰프님."

주방에서는 창혁이 에르베를 찾고 있었다.

"왜?"

에르베가 채소 보관실에서 나왔다.

"송 셰프님이 빨리 홀로 들어가시래요. 곧 요리 나올 거라고요."

"황금보스키상의 쿨리비악?"

"네."

"아흐, 드디어 완성된 모양이군."

에르베가 손바닥을 비볐다. 그 요리를 하는 건 알고 있었다. 기대감을 참기 어려워 허브 정리를 하던 참이었다. 윤기의 VIP 접대 명단에 에르베도 올라간 까닭이었다.

윤기는 막바지로 달리고 있었다.

[포근하고 자애로운 쿨리비악]

그 시식회였다. 정식 메뉴가 되기 전에 물심양면으로 도와준 사람들에게 선보이는 황금보스키상의 위엄이었다.

"셰프님, 어머니께서도 오셨어요."

재걸이 주방으로 들어왔다.

"그래?"

윤기가 웃었다. 어머니를 빼놓을 수 없었다. 붉나무 소금을 대주는 외숙모와 함께 오도록 자리를 만들었다.

"주희 씨, 요리 나갑니다."

윤기 목소리는 어느 때보다도 활기차게 들렸다.

"와아."

요리 카트가 줄줄이 들어서자 김민영이 먼저 환호했다.

"김민영."

김혜주가 슬쩍 눈치를 준다.

"몰라요, 황금보스키상이라잖아요? 피디님, 우리 저걸로도 특집 한번 가요."

김민영은 제어가 되지 않았다. 그렇잖아도 윤기의 요리라면 사족을 못 쓰는 그녀. 글로벌 타이틀까지 입은 요리를 보니 식욕 대폭발이었다.

음료는 윤기가 개발한 걸 곁들였다. 식혜와 숭늉을 배합한 그것이었다. 와인도 준비했지만 다른 것은 방콕과 복사판이었다. 다들 방콕의 순간을 맛보길 원했기 때문이었다.

"오빠."

세팅 후에 윤기가 들어서자 수아가 먼저 일어섰다. 그대로 달려가 윤기 품에 안겼다.

짝짝짝.

박수가 쏟아졌다. 이지용의 테이블에 합석한 설 대표가 먼저였다. 그러자 이지용과 사모님도 박수에 동참했다. 박수는 리폼 홀을 가득 채우고도 남았다.

"송윤기입니다."

인사부터 챙겼다.

"여러분의 도움 덕분에 황금보스키상의 영예를 안았습니다. 그리고 주제넘게 이 그랑 서울을 인수하게 되었습니다. 두고두고 은혜를 갚겠지만 일단 황금보스키상의 출품작부터 선보여 드리는 게 도리일 것 같아서 모셨습니다. 혹 식성에 맞지 않더라도 맛나게 먹어 주시면 감사하겠습니다."

짝짝.

인사를 따라 박수가 이어졌다. 윤기가 테이블을 돌며 인사를 챙기기 시작했다.

"송 셰프님, 이제 이 호텔 사장님이 되는 겁니까?"

식재료상 김풍원이 시작이었다.

"뭐가 되었든 저는 셰프입니다. 앞으로도 잘 부탁드립니다."

"아이고, 저 자르지만 마세요. 그리고 이렇게 귀한 자리에 초대해 주셔서 고맙습니다. 우리 딸은 아침부터 굶고 왔어요."

김풍원이 중학생 딸을 가리켰다.

"그럼 2인분을 줘야겠네요. 많이 먹어요. 모자라면 또 만들어 줄 테니까."

윤기는 그 딸까지 알뜰하게 챙겼다.

"셰프님."

다음은 화요였다. 그녀는 이 초대를 뜻밖으로 생각하고 있었다. 도움을 받은 건 그녀였기 때문이었다. 윤기 입장은 달랐다. 화요의 부친이 말해 준 그랑 서울의 매각 소식. 아주 시의 적절한 정보였다.

"영광된 요리를 먹을 수 있는 기회를 줘서 고마워요."

백 회장도 고마움을 전해 온다.

"어머님은요?"

윤기가 물었다. 세 사람을 초대했는데 둘만 온 까닭이었다.

"어머니가 법당 기도회에 가셨지 뭐예요. 나중에 알면 저 엄청 혼날 거 같아요."

"시식권 남겨 놓을 테니까 언제든 모셔 오세요."

"정말이죠?"

"그럼요."

윤기는 진심이었다.

그 옆 테이블은 김혜주와 김민영 등의 자리였다. 김혜주는 다른 사람부터 챙기라며 윤기를 패스시켰다. 이상백도 그랬다. 장대방 관장과 전송화 화백을 챙기고, 먹방 유튜브로 도움을 준 육식만과 율미에 이어 이지용 회장의 테이블에 닿았다.

"포근하고 자애로운 쿨리비악?"

이지용이 물었다.

"네."

"과연… 잘라 놓고 보니 맛의 보물 창고를 만난 기분이야."

"마음에 드십니까?"

"송아지 고기가 아니라 진주를 먹는 기분일세. 진짜 어머니의 속마음에 든 보물을 보는 기분이야. 호박 머랭하고 바닐라칩도 아주 기가 막히고."

"사모님은요?"

"나는 지금 머리가 하얘요. 돌아가신 어머니가 천국의 성찬을 해 온 것 같아서……."

"누님, 눈물 떨어집니다."

설 대표가 슬쩍 조크를 던졌다.

"대표님도 많이 드세요."

"먹고 더 시킬 생각이네. 아직은 내가 이 호텔의 대표니까."

"그러세요. 여분은 충분히 준비해 두었습니다."

어머니와 외숙모 테이블까지 챙기고 에르베 앞에 앉았다.

"송 셰프?"

음미의 무아지경에 빠졌던 에르베가 눈을 번쩍 떴다.

"먹을 만한가요?"

"최고, 지상 최고의 쿨리비악이야."

"셰프님 건 조금 더 크게 만들었어요."

"어? 정말 그렇네?"

"뇌물이거든요. 저랑 같이 여기서 뼈를 묻어 달라는……."

"최연소 황금보스키상 수상자와 같은 주방에서 일하면 내 영광이지."

"그럼 여권 뺏지 않아도 되겠네요?"

"자진 강탈당할게. 기꺼이."

에르베의 볼은 쉴 새도 없이 흡입에 몰입했다.

"여기 쿨리비악 추가요."

"우리도요."

여기저기서 추가 오더가 나왔다. 그런데 수아 쪽이 잠잠했다. 머랭에 바닐라칩까지 깨끗한 걸 보니 뜻밖의 일이었다.

"수아, 1인분으로 되겠어? 이제 두 팔로 움직이려면 많이 먹어 둬야 할 텐데?"

"하지만……."

"엄마 때문에? 그건 갈 때 포장해 줄게."

"……."

수아가 고개를 떨군다.

"더 먹고 싶은데 송 셰프가 힘들까 봐 말 못 하겠다네."

옆에 있던 오 관장이 웃었다.

"관장님."

비밀을 들킨 수아가 울상을 지었다.

"홍수아, 셰프는 자기 요리 잘 먹어 주는 사람이 최고야. 이제 보니 수아가 내 요리 안 좋아하는구나?"

"아니, 좋아해. 나 하나 더 먹을래."

그제야 로봇 손으로 접시를 내미는 수아였다.

"하하핫."

모두의 테이블에 웃음꽃이 피었다.

"대표님."

특별 시식이 끝나고 귀가하는 길, 이리나가 클래식 미니로 다가왔다. 자기 차 안에서 기다린 눈치였다.

"팀장님?"

"잠깐 얘기 좀 될까요?"

"말씀하세요."

"일단 그동안 너무 무례하게 군 거 사과드리고요."

"무례라뇨?"

"저 짤리는 거 맞나요?"

"네?"

"호텔에 살생부가 쫙 돌았어요. 정식 인수인계가 있기 전에 일부 정리가 될 텐데 저하고 유 이사님, 몇몇 팀장, 부장들이 대상이라고."

"……"

윤기가 잠시 숨을 골랐다. MOU 체결 직후, 설 대표가 낸 의견이었다. 문제 직원들이 있는데 그걸 처리하고 가겠다고 했었다. 윤기에게 부담을 주지 않으려는 뜻이었다.

살생부는 윤기도 보았다. 거기 이리나의 이름이 있었다. 외국어는 우수하지만 고품격 서빙에는 적합하지 않다는 평가가 붙어 있었다. 요리 지식이 부족하고 자기의 호불호에 따라 추천이 편중된다는 게 이유였다. 그게 이리나의 귀에 들어간 모양이었다.

"이 팀장님."

"네, 대표님."

"그냥 셰프라고 불러주세요."

"네, 셰프님……"

"한마디만 하죠. 이 팀장님은 영전 대상입니다."

"영, 영전요?"

"쉬잇, 만약 이 말이 새어 나가면 저도 어쩌지 못합니다."

"셰프님……"

"그러니까 절대 비밀, 알았죠?"

"절대요, 절대로 보안을 지킬게요."

"그럼 됐죠?"

"네, 대표님."

이리나의 목소리가 밝아졌다. 시동을 걸고 도로로 나왔다. 윤기가 꿈꾸는 미식호텔. 그 시작이 되는 리폼홀에 이리나가 맞지 않는 건 사실이었다. 일단 요리 공부에 등한했다. 에너지가 넘쳐 때로는 식사에 방해가 되기도 한다.

그럼에도 버티는 건 4개 국어 때문이었다. 밝은 표정과 넘치는 에너지도 강점에 속한다. 그게 적합한 건 프론트 오피스 쪽이었다. 거기라면 그녀의 장점을 더 잘 살릴 수 있었다. 그렇기에 궁리를 하고 있던 윤기. 이렇게 정리가 되니 마음이 가뜬했다.

게다가.

윤기가 생각하는 홀의 책임자는 따로 있었다.

이른 새벽, 윤기의 차는 고속도로를 달리고 있었다. 얼마쯤 달리자 대형 광고판이 나타났다. 신마호텔의 것이었다.

[대한민국 최고의 격조, 5성 호텔의 매력으로 당신에게 다가갑니다.]

이벤트 홍보였다. 윤기가 피식 웃었다. 이유가 있었다. 그사이에 재미난 에피소드가 생겼다. 신마 측에서 유 이사를 내세워 인수 타진을 해온 것이다. 한발 늦게 나선 이유는 윤기 때문이었다. 그랑 서울의 새 주인이 윤기라는 걸 안 것이다. 베팅도 컸다. 잠재적인 위협의 싹수를 잘라 버리겠다는 의도 같았다.

"평가액의 열 배를 불렀더니 군말없이 돌아서더군."

설 대표의 말이었다.

냉혹한 현실을 다시 한번 각성했다. 그리고 고마웠다. 그들은 윤기의 열정을 제대로 자극한 셈이었다.

이제 목적지에 가까웠다. 목적은 구찬홍 팀장을 조리부 책임자로 모시는 것. 부수적으로는 다른 목적이 하나 더 있었다. 차가 올라갈 수 있는 곳까지 진행한 후에 내렸다. 가방을 메고 작은 포장까지 품은 채 산길을 올랐다.

―커다란 오동나무가 두 그루 있는 데서 그 길을 끼고 500미터 정도 올라가면 가건물이 나올 거요.

미리 챙긴 정보를 따라 오동나무를 지났다.

산길은 힘들었다. 정식 등산로가 아니라 돌과 나무가 험했다. 언덕을 올라 조금 쉬려 할 때 숲 사이로 뭔가가 아른거렸다. 나무로 지은 집이었다.

"팀장님."

인기척을 내자 개소리가 들려왔다.

월월월.

작은 마당의 끝이었다. 하얀 개가 고개를 빼 들고 짖었다. 아무도 나오지 않는다. 사람이 없는 것이다. 마당을 보니 빨래가 널렸다. 그게 위안이었다. 빈집이 아니라는 방증이었다.

얼마나 지났을까?

다시 하얀 개가 짖었다.

월월.

그 방향에서 사람이 내려왔다. 구찬홍이었다.

"팀장님."

윤기가 소리쳤다.

"아니, 이게 누구야? 송윤기?"

구찬홍이 반색을 했다.

"네, 안녕하셨어요?"

"세상에… 여긴 웬일이야?"

"팀장님 뵈려고 왔습니다."

"설마… 손목 때문에 호텔에서 짤린 건 아니지?"

"아니죠. 팀장님 덕분에 잘 버텼는걸요."

"그런데 여긴 웬일로?"

"몸은 좋아지셨네요?"

"응, 죽으려고 왔더니 산이 살려 놓았어. 병원에서도 암이란 녀석이 달아났다고 하더라고."

"잘 됐네요."

"아무튼 이리 앉아. 반가운 손님인데 약초차라도 대접해야지. 내가 가진 게 그거밖에 없거든."

"감사합니다."

윤기가 인사하자 구찬홍이 움직였다. 약초 캔 걸 샘물가에 던져 놓더니 바로 장작불을 당겼다. 산속의 물로 차를 끓이니 맛이 더 청아했다.

"이거 한 번 드셔 보시겠어요."

윤기가 포장을 열어 놓았다.

"쿨리비악?"

구찬홍은 한눈에 알아보았다.

"제가 만들었어요."

"양식 요리를 맡은 거야?"

구찬홍이 소스라친다. 산속에 살다 보니 윤기 소식을 전혀 모르는 눈치였다.

"팀장님의 무쇠팬으로 주방을 싹 평정해 버렸어요."

"손목 경련이 나았어?"

"팀장님 암도 낫는데 그게 안 낫겠어요?"

"잘됐다. 그러잖아도 가끔 윤기 생각했는데……."

"조금 식은 거 같은데 그래도 맛 좀 봐 주시겠어요?"

"봐야지. 맨날 풀뿌리만 먹다가 양식을 보니 천국에 온 것 같네. …응?"

산 사람답게 맨손으로 쿨리비악을 반으로 가른 구찬홍, 안에서 비치는 내용물에 표정이 굳어 버렸다.

"이걸 자네가 만들었다고?"

"네. 맛도 보셔야죠. 좋은 보온통을 썼는데 조금 식었어요."

"그게 문제야?"

한 입 베어 문 구찬홍이 또 정지되어 버렸다.

"먹을 만한가요?"

"이걸 정말 자네가?"

"네."

"맙소사, 이건 보통 실력이 아닌데? 보석처럼 굴려 낸 고기에 부드럽게 화합하는 메밀 카샤… 게다가 반죽 안의 시금치와 젤라틴 육즙… 미지근한 상태에서도 환상적이니 구워 내서 바로 먹으면?"

"호텔 메뉴로 내도 될까요?"

"되다마다, 이 정도면 미슐랭 별 셋의 주력 메뉴가 되어도 문제없어."

"아직도 감은 그대로시네요?"

"감이 아니라 자네 요리가 기막힌 거야. 이거 누구에게 배웠나? 그랑 서울에서는 이런 요리를 가르칠 만한 사람이 없을 텐데?"

"멘토로 삼은 건 프랑스의 안드레아 위탱이지만 우리 호텔에도 한 사람이 있습니다."

"안드레아 위탱?"

"예. 안드레아의 주특기인 황제들의 요리부터 괴식까지 두루 익혔습니다."

"호텔에 실력자가 새로 온 모양이군?"

"곧 오실 겁니다."

"곧 온다고?"

"팀장님."

부스럭.

소리와 함께 꺼내 놓은 건 황금보스키상이었다.

"혹시 황금보스키상이라고 아시나요?"

"실력파 셰프들이 겨루는 프랑스의 보스키 도르 요리 대회?"

"이게 바로 그 황금보스키상입니다."

"……?"

"올해 대회에 참가해서 챔피언을 먹었습니다. 그 요리가 바로 사상 최초로 100점을 맞은 쿨리비악이고요."

"송윤기?"

"팀장님 도움으로 버틴 덕분입니다. 그리고 많은 분들의 도움으로 제가 그랑 서울호텔을 인수하게 되었습니다."

"……?"

"세계 최고의 미식 호텔을 표방하고 있는데 혼자서는 벅차 조리부의 중심을 잡아 주실 분이 필요합니다."

"송윤기……."

"바로 팀장님이십니다. 리폼 호텔로 변할 그랑 서울의 조리부장을 맡아 주십시오. 거절하시면 저도 저 옆에다 텐트 치고 살겠습니다."

윤기가 텐트를 펼쳤다. 던지기만 하면 펴지는 소형이었다.

"송윤기."

"저 농담 아닙니다."

"허어, 느닷없이 쳐들어와서 황금보스키상을 보여 주더니 나보고 네 밑으로 들어와라?"

"요리에 위 아래가 어디 있습니까?"

"내가 알기로 윤기도 돈 많은 부자는 아니었던 것 같은데?"

"사업은 원래 남의 돈으로 하는 거라던데요?"

"오, 그동안 많이 변했구나?"

"그럼 제가 예전처럼 찌질한 모습으로 나타나길 바라셨어요?"

"좋아. 그럼 수탉이나 한 마리 잡아 봐라."

"닭이요?"

"너 같으면 이 상황을 믿겠냐? 주방 보조 하던 친구의 천지개벽 대변신을?"

"기다리세요."

윤기가 돌아섰다. 닭장은 멀지 않았다. 밖의 사료를 한 줌 쥐고 안으로 들어갔다. 닭이 경계하기 시작한다. 이런 건 하나도 어렵지 않았다. 역아에게는 루틴에 불과하기 때문이었다.

"구구구우."

닭 소리를 내며 모이를 주었다. 처음에는 경계하던 닭들. 한 마리가 다가와 모이를 쪼자 하나 둘 모여들기 시작했다. 닭은 한 번에 잡아야 한다. 한 번 흩어지면 어렵다. 조심스럽게 거리를 좁힌 윤기. 장닭이 모이를 쪼는 순간에 목을 잡아챘다.

꼬댁꼭.

발버둥을 치지만 늦었다. 날개를 거머쥐자 수탉은 꼼짝 마라가 되고 말았다.

숨통을 끊은 후에 뜨거운 물에 넣었다 뺐다. 닭털은 이렇게 뽑는다. 벼슬까지 담가 볏의 껍질을 벗기고 다리도 그런 식으로 껍질을 벗겨 냈다. 일명 똥집으로 불리는 근위도 반으로 발라 안쪽의 막 제거. 이로써 수탉 사냥이 끝났다.

"뭘로 요리해 드릴까요?"

"안드레아를 통째로 배웠다면 조선식 괴식으로 가 볼까?"

구찬흥도 안드레아를 알고 있다. 딱 한 번이지만 이야기한 적이 있었다.

"알아서 모시겠습니다."

윤기가 고개를 숙였다.

내장 틈바구니에서 원하는 걸 분리했다. 닭의 벼슬까지 챙겨 허름한 부엌으로 향했다. 득템한 건 참기름과 소금이었다.

"드시죠."

잠시 후에 요리를 마쳤다. 접시가 마땅치 않으니 나뭇잎을 깔고 세팅을 했다.

[닭껍질을 말아 솔잎으로 구워 낸 간]
[참기름으로 볶아 소금을 친 고환]
[적당한 칼집을 넣은 후에 살짝 데쳐 낸 닭벼슬]

"……"

구찬홍의 시선이 요리에서 멈췄다.

"첫 번째 것은 저 유명한 엘비스 프레슬리와 비틀즈가 연주를 끝내고 즐겨 먹던 요리입니다. 원래는 베이컨으로 말아야 하는데 닭껍질로 대신했고, 두 번째는 세종대왕이 즐기던 닭고환입니다. 잡내는 참기름으로 잡았으니 고소할 겁니다. 마지막은 레오나르도 다 빈치가 만들던 요리로……?"

설명하는 윤기 입으로 닭고환이 들어왔다.

'세종대왕님……'

대왕님이 왜 이걸 애정했는지 알 것 같았다. 참기름으로 잡내를 날린 탓도 있지만 미치도록 고소하고 부드러웠다.

"팀장님?"

"나머지도 먹게."

"……?"

"내가 알고 싶은 건 자네 손목의 경련이었네. 그때 서울 최고의 병원에서도 고개를 저었다고 했었지?"

"네."

"지켜보니 완치로군. 의심이 아니라 내 눈으로 확인하고 싶었어."

"팀장님."

"요리는 내 선물이야. 산중에 쓸 만한 게 없는데 황금보스키 상을 받은 셰프의 요리라면 나무랄 데 없는 대접이지, 그렇지 않나?"

"팀장님……."

"전채 삼아 먹고 있으면 나머지는 내가 하겠네."

구찬홍이 장닭을 집어 들었다. 그대로 가마솥에 넣더니 이것저것 마구 투하가 되었다. 작은 산삼부터 더덕, 둥굴레, 표고버섯 등등등……

"이제 드시게나."

구찬홍이 장닭을 건져 놓았다. 가마솥에서 고아 낸 닭은 살이 툭툭 터졌다. 한마디로 폭식을 부르는 자태였다.

"다 먹으면 자네 제안을 받아들이겠네."

푸짐한 옵션이 나왔다.

구찬홍의 마음을 아는지라 군말 없이 닭다리를 뜯었다. 살결을 따라 갈라지는 장닭 살은 담백하기 그지없었다. 정말이지 세탁기에 넣어 돌린 것처럼 깨끗하게 뼈만 남겨 놓았다.

"하나둘 정리하고 있다가 호텔 새 오픈에 맞춰 올라가겠네."

"부탁이 하나 더 있습니다."

옵션을 달아 놓고 산을 내려왔다. 그 옵션도 긍정적인 대답을 들었다. 마음은 물론 배까지 빵빵해지는 윤기였다.

가뜬하게 돌아가는 길, 바라라의 국제전화가 들어왔다.

—셰프.

바바라의 음량은 '솔'의 음계였다.

"바바라, 안녕?"

—드디어 비행기 스케줄이 잡혔어요.

"좋은 소식이네요."

—황금보스키상 수상 요리, 그거 정말 해 주시는 거예요.

"당연하죠."

윤기의 약속이었다. 페드로와 바바라는 축하화환과 최고의 샴페인까지 보내왔었다.

—친구 둘을 데려가요. 괜찮죠?

"바바라의 친구라면 백 명이라도."

—음, 그러고 싶지만 아빠의 자가용 비행기에 100명이 탈 수는 없어요.

"오늘부터 계속 기다리고 있겠습니다."

—저도요. 그럼 한국에서 뵈어요.

통화가 끝났다. 바바라는 에너지 덩어리였다. 이런 사람들과의 대화는 언제나 기분이 좋았다. 그런 전화를 또 받게 되었다. 이번에는 백화요였다.

—셰프님.

"어? 웬일이세요?"

―오늘 셰프님 쉬는 날인 거 같아서요, 맞죠?

"네. 그래서 드라이브 중입니다."

―돌발이라 죄송하지만 저녁 같이 먹을 수 있을까요?

"저녁요?"

―기도회 가셨던 어머니가 오전에 산사에서 돌아오셨어요. 참나물이며 더덕에 잔대에… 5년 만에 개봉한 된장과 간장까지… 초대에 못 간 벌로 셰프님 모시고 싶다고 하시니… 아버지도 쿨리비악 보답을 해야 한다고 하시고요.

"지금 지방에서 올라가는 길이라 조금 늦을지도 몰라요."

―그건 상관없어요. 오시기만 하시면…….

"그럼 가겠습니다. 제대로 가면 7시쯤에 도착할 것 같네요."

―알았어요. 기다리고 있겠습니다.

화요의 음량도 '솔' 음계로 튀었다. 유통업에서는 이지용의 신세기에 버금가는 재력과 사업 규모를 자랑하는 백화요의 집안. 그럼에도 소탈하게 대해 주니 거절하기도 어려웠다.

이 방문은 윤기에게 또 하나의 낭보를 불러왔다.

7시 20분.

조금 늦었다. 서울이 가까워지면서 차량이 정체된 까닭이었다. 시간이 널널하면 화요 어머니 몫으로 쿨리비악을 만들어 갈 생각이었다. 어쩔 수 없이 포기해야 했다.

"셰프님."

오늘도 화요가 나와 있었다.

"늦어서 죄송합니다."

미리 문자를 보냈지만 다시 사과를 했다.

"아니에요. 돌발 약속을 요청한 제 잘못이죠."

화요가 웃었다. 볼수록 소탈해지는 여자. 그 여자가 화요였다.

"엄마, 아빠, 송 셰프님 오셨어요."

화요의 목소리가 집 안으로 들어갔다.

"어서 와요."

화요 어머니 유 여사가 윤기를 반겼다.

"송 셰프님."

백 회장도 반색을 한다.

"초대해 주셔서 감사합니다."

"이이하고 화요가 엄청난 요리를 대접 받았다길래 보답을 겸
해 초대를 했어요. 어서 들어가요."

유 여사가 윤기를 밀었다.

"와아."

식탁은 이미 차려져 있었다. 갓 딴 듯 싱싱한 산나물이 지천
이었다. 그것으로 만든 산채전과 꽃나물, 과일김치 등이 가득하
다. 화려하지는 않지만 정성이 느껴지는 테이블이었다.

"먹어요. 내가 스님들하고 직접 딴 거예요. 맛은 별로겠지만
산의 정기가 다 사라지기 전에……."

유 여사가 음식을 가리켰다.

못 보던 나물들이 많았다. 여러 산나물이 풍기는 향내가 은은
해 좋았다.

"셰프님 먹을 거라서 버섯은 키친 타올로만 부드럽게 닦았어

요. 샐러드는 물기를 쪽 뺐고, 나물도 직전에 씻어서 손으로 잘 랐죠. 스님의 비법 전수를 받았거든요."

"굉장한데요? 요리의 정석입니다."

"그래요?"

"네. 요리 배울 때 그렇게 배우거든요."

"맛도 있어야 할 텐데……."

유 여사는 소녀처럼 얼굴을 붉혔다. 정성껏 차린 사람을 즐겁 게 하는 일은 하나밖에 없다. 많이 먹어 주면 된다. 기왕이면 마 구.

사실 배는 좀 불렀다. 산에서 먹은 장닭 때문이었다. 토종닭 한 마리를 해치웠으니 서울까지 오는 동안에도 꺼지지 않았다. 그래 도 종목이 달라 다행이었다. 만약 백숙 같은 걸 해 놓고 먹으라고 했다면……?

여러 산나물을 넣고 비벼 버렸다.

"셰프님."

화요가 참기름을 챙겨 준다. 그것도 듬뿍 투하. 그런 다음 포 클레인질을 하듯 썩썩 비벼서 먹어 치웠다.

"여러 향이 어우러지니 미슐랭 별 셋 요리가 따로 없는데요?"

볼이 터지도록 우물거리며 말했다.

"많이 먹어요. 산나물은 많이 있으니까."

유 여사의 얼굴이 밝아지기 시작했다.

"호텔에 같이 오셨으면 좋았을걸요."

"그러게요. 이이가 어찌나 자랑을 하는지… 나중에는 약이 오 르더라니까요."

"사모님 몫은 남겨 두었으니 언제든 전화하시고 오세요. 친구 분 한두 명 정도는 모셔 오셔도 괜찮습니다."

"정말 그래도 돼요?"

"그럼요."

"아참, 셰프님이 그랑 서울을 인수하신다면서요?"

"주제는 못 되지만 한번 열심히 해 보려고요."

"무슨 말씀을요. 우리 이이 말 들으니 하루하루 무너져 가는 호텔 살린 게 셰프님이라던데요. 게다가 이번에는 엄청난 상까 지……."

"호텔 인수 건은 회장님 정보 덕분입니다. 타이밍이 좋았어 요."

"셰프님은 잘할 거예요. 처음 볼 때 딱 감이 오더라고요."

"많이 도와주시기 바랍니다."

"걱정 마세요. 인수하시면 저도 단골 등록할게요."

"추진력이 진짜 대단해요. 그런 뚝심은 사업하는 우리도 들이 대기 힘든 법인데……."

백 회장도 혀를 내두른다.

그랑 서울에 이어 요리에 대한 이야기들이 오갔다. 주로 보스 키 도르 대회 쪽이었다. 유 여사는 보스키 도르의 일화를 속속 들이 알고 있었다. 이상백의 기사 때문이었다. 꼼꼼하게도 읽은 모양이었다.

"엄마, 그것만이 아니에요."

화요가 화제의 폭을 넓혀 버렸다.

"또 있어?"

유 여사가 촉각을 세운다.

"뉴욕 타임스하고 르 몽드에도 대서특필이에요. 우리나라니까이 정도지 프랑스 출신이었으면 난리가 났을 거예요. 그 사람들은 요리의 가치를 높이 쳐주잖아요."

"그래?"

"미국 푸드네트워크에도 픽업되셨어요. 이번에 특집 프로그램을 만드는데 셰프님이 1타로 나오신대요."

"어머, 푸드네트워크면 미국 최고잖아?"

"그러니까요."

"그럼 셰프님, 미국으로 가시는 거 아니에요?"

유 여사가 물었다.

"아닙니다. 저는 한국에서 그랑 서울, 아니, 리폼 호텔을 세계최고의 미식 호텔로 만들 겁니다."

"아유, 이거 진퇴양난이네. 셰프님 봐서는 미국으로 진출하는게 좋을 것 같고 내 욕심 같아서는 한국에 있는 게 좋겠고……."

"둘 다 하죠, 뭐."

"그래요. 지금 하시는 거 봐서는 문제없을 것 같아요."

유 여사의 덕담이었다.

*   *   *

"어때요?"

윤기를 납치해 온 화요가 물었다. 그녀의 방이었다. 식사가 끝나자 할 말이 있다고 자기 방으로 끌었다.

어떠냐고?

아찔했다.

윤기의 집은 작았다. 게다가 화요의 방처럼 향기롭지도 않았다. 화요의 방은 스타의 방처럼 잘 꾸며져 있었다. 바이올린도 보이고 책도 많았다. 책마다 보던 흔적이 역력하니 공부 많이 하는 여자였다.

"셰프님 때문에 요리책도 몇 권 샀어요."

책장 앞에서 그녀가 책을 빼 들었다. 프랑스와 일본 요리사들의 저서였다.

"여기 자리 하나 비었죠?"

"그렇네요."

"셰프님 책 놓을 자리예요."

"네?"

"오프라인으로 갔더니 세계적인 셰프들 요리책 코너에 한국 셰프는 없는 거예요. 그래서 한 칸을 비울 만큼만 샀어요. 셰프님 책 나오면 꽂으려고요."

"화요 씨."

"셰프님."

"네?"

"정신 바짝 차리세요. 제가 지금부터 셰프님 유혹할 거거든요."

책을 내려놓은 화요가 한 발 더 가까이 다가섰다.

"셰프님."

"네?"

"저 어때요? 사업 좀 할 것 같아요?"

"사업요?"

"네."

"어떤 사업 말이죠?"

윤기가 되물었다. 유혹 같은 건 새겨듣지도 않았다. 시원한 마스크의 화요지만 허투르게 넘어갈 윤기도 아니었다.

"제가 이번에 아빠랑 딜을 했거든요. 독립 한번 제대로 해 보겠다고."

"저는 사업에 대해서는……."

"모른다고요? 그런 분이 전격 그랑 서울 인수를 할 수 있는 건가요?"

"그건……."

"사진 좀 봐주세요."

화요가 출력 사진 세 장을 꺼내놓았다. LGY 스테이크와 윤기의 음료, 그리고 나무칩이었다.

"아, 하나 더 있어요."

추가로 내놓은 건 윤기의 신작 쿨리비악.

"……?"

"그랑 서울 전격 인수 하셨듯이 저도 전격 제안 드릴게요. 세프님, 저랑 동업해요."

"화요 씨."

"이 네 가지 아이템, 상품으로 만들고 싶어요. 깐깐하신 아빠도 허락하시더라고요."

"제품화를 하겠다고요?"

"식혜와 숭늉을 결합한 이 음료, 굉장히 순하고 편해요. 게다가 자연 발효에 분자요리잖아요. 탄산에 질린 소비자들 공략할 자신 있어요."

"분자요리요?"

"저도 공부 좀 했거든요. 물리화학적 변화가 생기면 분자요리 아닌가요? 숭늉은 쌀과 밥, 그리고 누룽지의 삼단 변신으로 나온 결과물."

"……"

"네이밍도 끝냈어요."

네이밍까지?

"제가 호텔에 가서 이거 몇 개 시켜서 병에 담아 나왔거든요. 시장조사 하는데 한 꼬마가 아이디어를 줬어요. 맛을 보더니 뭐라고 하는지 아세요?"

"뭐라고 했는데요?"

"가짜 우유, 그런데 맛있다."

"가짜 우유요?"

"요즘 이런 헛발 네이밍이 인기거든요. 컬러도 우유 닮았고, 맛도 발효유라 인공과 거리가 멀잖아요? 한번 들으면 절대 잊어버리지 않을 거에요."

신박하다.

그렇게 말할 뻔했다.

"성자의 스테이크로 불리는 LGY는 말할 것도 없죠. 가니튀르는 메밀주먹밥만 붙여서 가격 조절하면 백화점부터 편의점까지 장악할 수 있을 것 같아요. 시장조사도 일부 마쳤어요."

화요가 폭주한다. 허튼 자신감이 아니었다.

"나무칩은 물론이고 특히 이 쿨리비악."

"……"

"이것도 유망해요. 요즘 전자렌지나 소형 오븐 같은 거, 나홀로 세대들 거의 다 가지고 있거든요? 전자렌지 정도는 출시할 때 사은품으로 풀 수도 있고요."

"화요 씨."

"제 유혹 어때요?"

"매력적인데요?"

"동업 수락하시는 건가요?"

"제가 보기엔 그랑 서울 인수하는 것 이상으로 자금이 들어갈 것 같은데요?"

"자금은 걱정 마세요. 아빠의 자회사 라인을 이용하면 되니까요. 생산 공장부터 유통망까지 확실하거든요."

"으음……"

"뭐예요? 혹시 이지용 회장님께 제의받으신 건가요?"

"이지용 회장님은 왜요?"

"두 분이 각별하시잖아요? 그러잖아도 우리 아빠도 아마 그분이 선수를 쳤을 거라고……"

"아직은 아닌데 슬쩍 제의해 볼까요?"

"안 돼요. 아직 아니면 저랑 하셔야 해요."

화요가 윤기 팔목을 잡았다.

"화요 씨……"

"어차피 저 살려 주셨잖아요? 그러니 한 번 더 살려 주세요.

이거면 저도 아빠한테 큰소릴 칠 정도로 독립할 자신 있어요."

"……."

"특허도 진행할 거예요. 저번에 제 사촌 동생 보셨죠? 변호사 겸 변리사예요. 제가 물어봤더니 LGY 스테이크나 음료 같은 건 상표 등록이라도 해야 한다고 해요. 그렇지 않고 히트를 치면 전국의 스테이크 전문점 이름이 죄다 LGY 스테이크로 바뀔 거라고……."

화요가 열변을 토한다.

별로 고려하지 않던 사항이었다. 듣고 보니 일리가 있었다. 화요에게 급신뢰가 생겼다. 사업 머리는 백 회장에게서 유전된 모양이었다.

"그럼 이걸 보세요."

화요가 핸드폰 화면을 보여 주었다. 윤기의 쿨리비악이었다.

"제 요리 아닙니까?"

"맞아요, 황금보스키상의 쿨리비악."

"……?"

"자애롭고 포근한 어머니의 손맛이라고 했죠?"

"네."

"아까 제가 유혹하겠다고 했잖아요?"

"네."

"그 유혹이 미각 유혹이에요. 저라면 이 안에 할머니의 손맛을 더했을 것 같아요."

"그게 뭐죠?"

"참기름 한 방울, 깨소금 한 스푼."

"……?"

"셰프님의 쿨리비악은 훌륭하지만 딱 한 가지 아쉬움이 있었어요. 거기에 할머니의 손길까지 들어갔으면 더 완벽한 미각 유혹이 되지 않았을까요?"

"……?"

윤기 촉이 우수수 일어섰다.

이 여자.

공부 제대로 한 모양이다.

"화요 씨."

"대답해 주세요."

"한 가지만 약속해 주세요."

"말씀하세요. 뭐든지 수용할게요."

"앞으로도 그런 촉과 조예를 계속 발휘한다는 것."

"그럼?"

"그 조건하에 화요 씨 제의를 받아들입니다."

"악, 고맙습니다. 셰프님."

화요 목소리가 높아지자 문밖의 유 여사가 주의를 주었다.

"화요야."

"엄마, 나 셰프님이랑 동업하기로 했어."

화요 목소리는 더 높아져 버렸다.

'제품화라…….'

집으로 돌아가며 생각했다. 언젠가는 시도할 생각이었다. 황교일의 제안도 있었다. 성공하면 인수 자금 상환에 대한 부담이

줄어든다. 화요의 뒤에는 그만한 시스템이 있었다. 돌아보니 화요를 만난 건 행운이었다. 어쩌면 철저한 책임감에 대한 보답일 수도 있었다.

달리는 차에서 향수 냄새가 났다. 창혁이네가 선물한 그 향수일까? 가만 보니 계열이 달랐다. 화요의 향수였다. 그 사이에 몸에 밴 것이다. 친절한 그녀, 향수도 정답게 느껴졌다.

바바라가 왔다.

이번에는 페드로가 아니라 바바라에 방점이 찍혔다. 페드로가 당부한 말 때문이었다.

[송 셰프, 이번 주인공은 우리 바바라와 그 친구들입니다.]

예약 손님은 모두 일곱이었다. 바바라와 친구를 합쳐 세 명, 그리고 페드로가 모셔 오는 미식가이자 사업가 세 명.

호텔 요리 예약은 당분간 중지 모드에 들어갔다. 한 달 정도 내부 수리와 정리가 필요한 까닭이었다. 그런 이유로 읍소형 예약이 더 많아졌다. 하루 20% 선에서 추가 예약을 수락해 주었다.

유 이사와 황 부장, 최현식 조리부장 등은 사의를 표명한 상태였다. 나머지 팀장들도 일부 그랬다. 고용 승계를 천명했음에도 알아서 나간다니 어쩔 수 없었다. 한편으로는 설 대표의 정리 작업이었다. 평상시 열심히 일하고도 대우 못 받던 일부는 윤기가 따로 잡았다.

[요리처럼 솔직하게 대우해 드릴게요.]

그 말이 통했다. 요리에는 장난이 통하지 않는다. 미식 호텔을 표방하면 더욱 그랬다. 미식가급의 고객들은 맛을 보면 안다. MSG나 뿌려 대고 설탕 범벅, 혹은 매운맛으로 은폐해도 소용이 없다.

"아악, 셰프."

바바라는 비명과 함께 한국 땅을 밟았다. 공항에 픽업 차량을 보냈다. 가이드는 이리나를 내세웠다.

"타세요."

이리나가 의전 차량을 가리킬 때까지만 해도 바바라는 하품하느라 바빴다. 자가용 비행기라고 해서 시차와 피로가 사라지는 건 아니었다. 그 피로를 날려 버리는 사건이 일어났다.

"안녕하세요?"

운전석의 인사 때문이었다. 맑은 미소로 인사하는 사람. 다름 아닌 윤기였으니 깜짝 이벤트였다.

"까악, 셰프."

바바라가 펄쩍 뛰었다. 이벤트는 대성공이었다.

"아빠, 송 셰프세요."

목소리가 천둥을 쳤다.

"회장님."

윤기가 내려 인사를 갖췄다. 페드로는 화통하게 윤기를 품었다. 이번 방한 목적은 두 가지였다. 첫째는 윤기의 요리를 먹는 것, 또 하나는 호텔 투자를 마무리하는 것.

"황금보스키상이 임자 제대로 찾아갔군요."

"회장님 덕분입니다."

"나야말로 셰프 덕분입니다. 결선을 미리 들여다보는 영광이었으니."

사업가들 소개가 끝나기도 전에 바바라가 재촉을 했다.

"아빠, 이제 됐죠?"

바바라라 서두르니 사업가들도 비켜 주었다.

"얘들아, 인사드려. 천국의 맛을 빚으시는 송 셰프님."

바바라, 두 친구의 목을 눌러 강제 인사를 시켜 버렸다.

"안녕하세요?"

인사가 끝나기도 전에 조수석까지 점령한다. 덕분에 이리나가 뒤로 밀렸다.

"렛츠 고."

출발신호도 바바라가 알렸다.

"셰프, 다시 한번 축하해요."

"땡큐."

"덕분에 즐길 메뉴가 하나 더 늘었어요. 포근하고 자애로운 쿨리비악, 저는 3인분 먹을 거예요."

"그럴 줄 알고 주방에 송아지 목장을 들여 놨죠."

"정말이죠?"

"그럼요, 축하 샴페인을 보내 준 데다 먼 멕시코에서 날아온 건데."

"제 친구가 먹방을 열 거예요. 소피아는 우리 멕시코에서 좀 나가는 유튜버예요."

"그래요?"

"솔직히 애도 요리 좀 알거든요. 처음에는 요리 변방 코리아에
서 기고 날아 봤자 뭐 하겠냐며 무시하더니 100점 만점으로 황
금보스키상 먹었다니까 바로 꼬리 내리더라고요. 게다가 내일이
생일이라 특집 방송 좀 하고 싶다고 애원하길래 데려왔어요."

"제가 보기보다 많이 먹는데 잘 부탁합니다."

소피아가 정체를 밝혔다. 가방이 좀 크다 했더니 방송 장비를
가져온 모양이었다.

"알아요. 적어도 6인분, 컨디션 좋으면 그 이상."

"어머."

놀란 소피아가 바바라를 돌아보았다.

"난 말한 적 없거든."

"그런데 어떻게?"

소피아가 윤기에게 물었다.

"뭘 좋아하는지도 알죠. 새콤한 맛이죠?"

"어머머머."

"먹방 요리에 그 맛을 반영해 드리죠."

윤기의 마무리였다. 소피아는 그때까지도 정신 줄을 수습하지
못했다. 보는 것만으로도 에너지가 차오르는 바바라 일행이었
다.

"그럼 시작하겠습니다."

리폼의 주방 안, 윤기가 쿨리비악 요리에 시동을 걸었다. 에르

베를 비롯한 리폼 팀의 시선이 고정되었다. 진규태와 몇몇 직원들도 목을 빼 들었다.

[포근하고 자애로운 쿨리비악]
[황금보스키상 최초의 100점 만점]

귀빈 접대용으로 선을 보였지만 그 인기는 시들지 않았다. 젤라틴은 이미 준비가 되었다. 여기는 윤기의 베이스 캠프. 방콕과 달랐으니 공항으로 가기 전에 준비를 마친 윤기였다. 원안인 양지와 소 꼬리에 더해 도가니와 힘줄도 추가했다. 더 막강한 젤라틴을 만들려는 것이니 거액 투자를 흔쾌히 수락해 준 페드로에 대한 예의였다.

눈송이처럼 다져진 어깨살이 진주알처럼 굴려지기 시작했다. 칼의 리듬은 지켜보는 사람들의 손목으로 옮겨 갔다. 창혁이와 재걸이는 아직도 허공을 다져 대고 있었다.

메밀 카샤도 참기름 속에서 맛을 더해 간다. 이윽고 세 겹의 맛을 두른 쿨리비악이 오븐으로 들어갔다. 쿨리비악이 익어 가는 동안 호박 머랭 준비에 들어간다. 주키니 호박꽃도 튀기고 바닐라칩도 투명하게 튀겨 냈다. 두 튀김이 끝나자 오븐이 땡 하고 알람을 울렸다.

"와아."

7인분의 플레이팅 마감과 함께 환호성이 터졌다. 이상백이나 알버트 등의 기사에서 본 쿨리비악과 똑같았다. 심지어는 삼색 띠를 두른 위에 올려진 식용 카네이션 한 송이까지.

"주희 씨, 가져가요. 나는 추가 주문 준비를 해야 해서요."

윤기가 인터폰에 대고 말했다. 들어온 사람은 이리나였다. 접시가 많지 않으니 뚜껑은 덮지 않았다.

"이 서빙은 제가 할게요."

이리나가 카트 핸들링을 맡았다. 주희가 밀렸다. 흔한 일이니 신경 쓰지 않았다. 아직은 이리나가 리폼 홀의 리더였다.

여기서 속담 하나가 들어맞았다.

호사다마.

그게 터진 것이다.

"셰프님."

재걸이 그 기미를 알렸다. 홀 입구에서 작은 소란이 인 것이다. 주희가 카트를 막고 있었다.

"뭐죠?"

윤기가 다가갔다.

"셰프님."

주희 얼굴은 빨갛게 상기되어 있었다.

"뭐냐니까요?"

"얘가 말도 안 되는 얘기를 하잖아요."

이리나가 핏대를 올렸다.

"그러니까 뭐냐니까요?"

"뒤쪽 두 접시의 바닐라칩에 붙은 게 바퀴벌레 날개 같다고……."

"바퀴벌레?"

"그게 말이 돼요? 감히 셰프님 요리 앞에서……."

"주희 씨."

윤기가 주희를 바라보았다.

"죄송해요. 제가 보니까 하르르 흔들리잖아요. 일부는 떨어져 있기도 하고요."

"그건 바닐라칩 조각이잖아?"

"잠깐만요."

윤기가 문제의 조각을 집어 들었다. 투명한 바닐라칩에 달라 붙은 몇 개의 불협화음들, 그리고 조각들 틈에 섞인 또 몇 개의 그것들. 바퀴벌레의 날개 조각이 맞았다.

한 번 더 확인한 윤기의 얼굴, 하얗게 질식해 가고 있었다. 난 데없는 바퀴벌레 날개 파편들.

뜬금없다.

특급 호텔 요리에서는 상상도 할 수 없는 일. 그렇기에 윤기 역시 주방의 기본을 위생에 두고 있었다.

그런데······.

이게 대체 어디서?

제6장
—
왕들의 제전

추적의 화살을 시위에 걸었다. 식재료는 문제가 없었다. 요리 과정 역시 그랬다. 플레이팅할 때 접시도 확인했다.

그렇다면 천장에서?

동선의 천장을 바라본다. 호텔과 바퀴벌레는 상극이다. 나오면 '절대' 안 된다. 그러나 바퀴벌레는 생물. 날개까지 달렸으니 어떻게든 유입될 수는 있었다. 그런데 왜 날개뿐일까?

날개가 나온 두 접시에 분석의 시선을 들이댔다.

'윽.'

충격이 이어졌다. 잔해가 나온 것이다. 호박머랭의 패티였다. 머랭과 패티 사이에 살짝 끼어든 바퀴벌레의 잔해. 얼핏 보면 패티의 일부처럼 보이지만 악마의 잔해가 분명했다.

'삶아진 것.'

바퀴벌레의 정체도 알았다. 윤기와는 요리 방식이 다른 잔해였다. 즉 요리 과정에서 일어난 일이 아니라는 뜻이었다.

"이 팀장님."

"네?"

"이 두 접시는 주방에 반납하고 잠시만 기다리세요."

지시를 내리고 보안실로 뛰었다.

[이리나 당신은 아니겠지?]

그런 말은 하지 않았다. 이리나도 의심의 범주에 들지만 그렇게 치면 주희도 의심해야 했다. 윤기는 그보다 확실한 해결책을 알고 있었다.

"대표님."

보안 팀장 육승준이 윤기를 맞이했다.

"그냥 송 셰프라고 부르세요. 그리고 CCTV 하나 확인해 주세요."

"또 문제가 생겼나요?"

"그런 것 같습니다."

윤기 설명을 들은 육 팀장이 관련 화면을 찾아냈다. 카트가 주방에서 나오는 순간이었다. 윤기의 시선이 화면을 따라간다. 세 명의 투숙객이 지나간다. 투숙객들이 횡대로 걸어오니 카트가 잠깐 멈췄다. 투숙객들이 카트와 교차한다.

"거기요."

윤기가 화면을 가리켰다. 육 팀장이 화면 조작을 하자 남자가 클로즈업되었다.

"조금 더요."

윤기의 요청을 받은 육 팀장이 화면을 조금 키웠다. 손이 요리를 가까이 스쳐 간다. 하지만 요리에 닿는 것 같지는 않았다.

'아닌가?'

…싶을 때 육 팀장이 다른 시도를 했다.

"잠깐만요."

육 팀장이 다른 화면을 열었다. 이번에는 반대편 쪽이었다. 투숙객들의 뒷모습이 보인다. 그 어깨 너머로 카트가 오고 있다. 다시 교차 장면이 나온다.

"여기네요."

육 팀장이 화면을 잡았다. 한발 앞선 남자 뒤의 투숙객이었다. 앞쪽의 화면에서는 사각이지만 그 손이 요리를 스치고 있었다.

육 팀장이 바빠진다. 이런 일에는 그가 구세주였다. 화면을 주무르더니 윤기가 원하는 장면을 확대해 놓았다. 남자의 손이었다. 엄지와 검지 사이에 뭔가의 흔적이 보인다. 바퀴벌레의 잔해였다.

"이 사람 짓이네요."

육 팀장의 결론이었다.

"투숙객이?"

윤기 고개가 살포시 기울었다. 말이 되지 않는다. 요리의 흠을 잡기 위한 수작이라면 자기들이 먹는 요리에 넣어야 했다. 그런 진상은 드물게 존재한다. 주로 음식값을 내지 않거나 호텔을 곤경에 빠뜨릴 때 쓴다.

하지만 이 사람들은 그냥 지나가 버렸다.

"그 화면 처음부터 틀어 주세요. 좀 빨리요."

윤기가 요청했다. 단서는 잡았지만 수긍이 되지 않았다.

"알겠습니다."

육 팀장의 손가락이 바빠진다. 이윽고 영상이 나왔다. 이리나가 보인다. 빈 카트를 밀며 주방으로 향한다. 잠시 후, 한 남자가 아른거린다.

"이사님이시네요. 스킵하겠습니다."

"아니, 잠깐만."

윤기가 육 팀장을 말렸다. 유 이사의 시선 때문이었다. 이리나를 보고 있었다. 그가 핸드폰을 꺼낸다. 이리나를 바라보면서 통화를 한다. 그러자 레스토랑 쪽에서 투숙객들이 나타났다.

"거기요."

윤기가 말하자 육 팀장이 움직였다. 육 팀장도 감을 잡은 것이다.

끄덕.

유 이사와 투숙객들이 눈짓을 나눈다. 유 이사는 거기서 슬쩍 빠졌다. 이제 이리나의 카트가 주방에서 나온다. 투숙객들이 횡대를 이루며 이리나를 향해 걸어간다.

"육 팀장님. 이거 말이죠……."

육승준에게 지시를 내리고 주방으로 돌아왔다. 추가 주문을 위해 준비하던 게 있으니 오랜 시간이 걸리지는 않았다.

"서둘러 주세요."

추가 2인분을 넘기고 앞치마를 벗었다.

"조금 늦었습니다. 맛나게 드셔 주세요."

페드로에게 예우를 갖추고 물러났다. 요리에 넋이 나간 바바라도 당장은 윤기를 찾지 않았다.

"셰프님……."

주희는 걱정스러운 표정이었다. 바퀴벌레에 대한 해결책이 나오지 않았기 때문이었다. 가벼운 미소로 그녀를 안심시키고 보안실로 향했다.

"……?"

윤기가 들어서자 문제의 남자가 윤기를 돌아보았다.

"범행 자백은 받았습니다."

육 팀장이 상황 보고를 해 왔다. 보안실 직원 두 명을 대동해 남자를 제압한 모양이었다. 윤기의 지시였었다.

"유상배 이사?"

"그렇다는군요."

"이유는?"

"그건 말하지 않네요."

"이봐요."

윤기가 남자를 바라보았다.

"CCTV는 보았죠?"

"……."

"실수로 치부할 일이 아니라는 건 알고 있죠?"

"……."

"유 이사가 왜 이런 짓을 했는지만 말해요. 그럼 경찰에 넘기지 않고 보내 줄 테니까."

"……."

"말할 생각이 없나 보군요. 경찰 불러서 증거 자료하고 같이 넘기세요."

윤기가 돌아섰다. 그제야 남자의 입이 열렸다.

"말하면 진짜 그냥 보내 줄 겁니까?"

"약속하죠."

"우리 선배신데 호텔 레스토랑에서 거하게 한턱을 내셨어요. 토사구팽당하게 되었으니 그것만 좀 해 달라고 하더라고요."

"토사구팽?"

"죽도록 일하던 호텔에서 매각으로 잘리게 생겼는데 위로금이 쥐꼬리라면서……."

"엿이나 먹어라?"

"……."

남자는 약속대로 보내 주었다. 증언 모습을 영상으로 남겼으니 더 잡아 둘 필요도 없었다.

"팀장님……."

뒤처리는 육 팀장에게 특명으로 남겼다. 굳이 윤기가 나설 필요도 없었고 윤기는 모셔야 할 VIP들이 있었다.

잠시 후 설 대표와 유 이사, 그리고 황 부장 등이 보안실로 내려왔다. 고성이 일고 파열음이 나왔다. 고개를 떨구고 나온 사람은 유 이사였다. 뺨에 손자국이 선명했다.

나중에 알았지만 유 이사는 신마호텔로 자리를 옮겼다. 요리 테러는 그쪽에 바칠 전리품이었던 모양이었다. 유감스럽지만 윤기에게는 나쁘지 않다. 유 이사는 설 대표의 간부 정리에 장

애물이었다. 그를 중심으로 거액의 정리해고 수당 요구 움직임이 있었던 모양이었다. 그러나 요리 테러가 드러나면서 쏙 들어가게 되었다.

테러 역시 사전에 발견함으로써 별다른 타격을 입지 않았다.

"송 셰프."

식사가 끝나자 페드로가 엄지를 세워 보였다. 그를 따라온 사업가들도 대만족이었다 바바라와 친구들? 말할 것도 없었다.

"황금보스키상 100점 만점 쿨리비악. 싱가포르 결정전에서 먹은 토마토 밀푀유는 저리 가랬소."

"그래도 1%가 아쉬웠을 겁니다. 오늘은 방콕대회의 맛대로 가느라 회장님 취향을 저격하지 않았거든요."

"하지만 전혀 아쉽지 않았습니다."

"내일이나 모레, 다시 주문하시면 취향에 맞춰 드리겠습니다."

"그렇다면 반드시 예약이지."

페드로의 얼굴에 활력이 돌았다.

"셰프."

이제 바바라 타임이었다. 윤기를 당기더니 친구들과의 사이에 앉혀 버렸다.

찰칵.

일단은 인증 샷부터 시작.

"소피아가 부탁이 있대요."

"부탁?"

윤기가 소피아를 돌아보았다.

"실은 제가 황금보스키상 요리 순례를 간다니까 저랑 경쟁하는 유튜버 두 명도 해외로 나갔거든요. 한 명은 6년 전 우승국인 이탈리아의 도미니코 셰프, 또 한 명은 3년 전의 일본 데츠야 셰프의 레스토랑으로 갔대요."

소피아가 말문을 열었다. 도미니코라면 토마토와 바질 소스를 곁들인 '게 라비올리'였고 데츠야는 마르니에르를 곁들인 '광어 살사 베르데'였다.

굉장한 실력파들이다. 원래 미슐랭 별 하나였던 도미니코는 황금보스키상 이후로 별 두 개로 업그레이드되었다. 게다가 그는 기업형 레스토랑의 창시자로도 유명했다.

데츠야 역시 별 두 개였지만 고이 반납하고 일본의 상류층만을 상대하면서 요리의 퀄리티를 높여 간다. 최근 20여 년의 수상자를 꿰고 있는 윤기였다.

"그런데요?"

"방금 제가 셰프의 쿨리비악을 올렸더니 별로라고 디스를 해요. 자기들은 천국의 맛을 보는 중이라나요."

"그거야 취향 나름이니까요."

"제가 송 셰프 요리는 사상 최초의 100점 만점 요리라고 했더니 세바스찬이 하는 말이 보스키가 늙어서 심사를 잘못했다고……."

"……."

"약이 올라서 내기를 걸었어요. 내일 방송에서 좋아요 대결하기로요. 그래서 좋아요가 가장 적은 사람이 양쪽의 음식값을 전부 내주기로요."

"비용이 많이 나올 텐데요?"

"상관없어요. 저도 일 년에 40만 불 정도는 입금되고요, 다른 두 사람도 저랑 비슷해요."

40만 불이면 대략 5억 원 언저리. 소피아는 굉장한 유튜버였다.

"셰프님, 도와주세요."

"저는 괜찮습니다. 어차피 6인분은 먹는다면서요?"

"내기니까 그보다도 더 많이 먹는 게 좋아요. 10인분도 되겠어요?"

"바바라는 어때요?"

바바라의 의향을 물었다. 체면을 살려 주기 위한 질문이었다.

"셰프님 요리를 인정했으니 해 주시면 좋겠어요. 힘드시면 내일 저랑 레나, 그리고 아빠의 쿨리비악은 안 해 주셔도 되요."

"친구를 위해 희생하겠다? 좋은데요."

"그럼 해 주세요. 소피아가 이겼으면 좋겠어요."

"그럼 상대방 셰프들도 인지하고 있는 건가요?"

"네, 도미니코 셰프는 재미있겠다고 했고 데츠야 셰프도 먹방 안 좋아한다고 하다가 다른 수상자들이 허락했다고 하니까 수락했대요."

"시간은요? 호텔 피크 타임에는 곤란한데?"

"언제면 되는데요?"

"아침 일찍이나 런치 직후가 좋은데 아침은 안 되죠. 이탈리아하고 8시간 차이니까 거기가 새벽 시간이에요."

"그럼 오후 5시로 맞출게요."

"알겠습니다. 오후 5시. 그때까지 쿨리비악 10개를 맞춰 드리죠. 아, 그런데 쿨리비악에 들어가는 재료에도 제한이 있나요?"

"아뇨. 겉만 쿨리비악이면 되요. 세바스찬 말이 도미니코 셰프의 라비올리도 내용물이 다양하다고 했어요."

"그럼 이제 우리가 한 팀이군요?"

윤기가 손바닥을 내밀었다.

"맞아요, 한 팀."

쫙.

소피아가 하이 파이브로 화답했다.

"주희 씨."

페드로 회장이 VIP룸으로 올라가자 주희를 불렀다.

"아까는 고마웠어요."

"아뇨. 당연히 해야 할 일이었는데요, 뭐."

"이 팀장님하고 곤란해진 건 아니죠?"

"그게 뭐 하루 이틀인가요? 제가 잘 조율하면서 가야죠."

"어떻게 단서를 잡았죠?"

윤기가 물었다. 진심으로 궁금한 일이었다.

"요리 감상하다가 발견했어요."

"요리 감상?"

"셰프님 요리를 보다 보면 작품처럼 보일 때가 많아요. 카트가 조명 아래를 지나갈 때 뭔가 다른 느낌이 들었는데 다시 보니 이물 조각이 보이는 거예요. 솔직히 이 팀장님 성격 아는 처지라 그냥 넘길까 했는데 셰프님이 공을 들이시는 손님이잖아요.

그래서……"

"주희 씨가 나 살린 거네요."

"네?"

"페드로 회장님 말이에요. 따님은 물론이고 그 친구와 지인분들을 모시고 왔어요. 그런데 요리에서 바퀴벌레 잔해가 나와 봐요? 저분 체면은 물론, 바바라 체면도 말이 아니었겠죠."

"셰프님이 막았잖아요."

"주희 씨 덕분이잖아요."

"저야 뭐 월급값 한 것뿐이에요."

주희가 웃었다.

"이 신세는 나중에 꼭 갚을게요."

"그런 거 상관없어요. 셰프님이 잘되는 거 보면서 매일이 행복하거든요. 제 멘토시잖아요."

"그럼 제가 더 열심히 해야겠군요."

"음… 황금보스키상보다 더 멋진 게 있을지 모르겠네요."

"상은 마중물에 불과해요. 성과는 이제부터죠."

"그러고 보니 다른 좋은 일 있으신 거 같아요."

"어? 그게 보여요?"

"조금 알 것 같아요. 뭔가 좋은 일이 있으면 셰프님 얼굴이 더 밝아지거든요."

"실은 제가 만든 음료수하고 한두 가지 요리가 제품화될 것 같아요. 특허 아니면 상표 등록도 하고."

"정말요?"

"쉬잇."

"알겠어요, 쉬잇."

"아직 계획 단계예요. 그래야 호텔 인수한 비용을 빨리 갚을 수 있고, 또 그래야 더 안정적으로 멋진 요리를 개발해서 직원들과 공생할 거 아니겠어요?"

"셰프님은 할 수 있을 거예요."

"고맙습니다."

인사를 챙기고 돌아섰다.

"자, 이제 퇴근들 하세요."

주방으로 돌아온 윤기가 팀원들에게 말했다.

"셰프님은요? VIP가 또 오나요?"

주방 정리를 하던 창혁이 물었다.

"그건 아닌데 바바라 친구 덕분에 예전 황금보스키상 수상자들과 간접 대결을 벌이게 생겼어. 그래서 준비 좀 하다 가려고."

"예전 황금보스키상 수상자들과 대결한다고요?"

팀원들의 눈이 동시에 반짝거렸다.

윤기는 식용 금박을 보고 있었다. 페드로와 바바라의 요리에 쓰려고 준비한 재료다. 식용 금박은 여러 가지가 있었다. 깨알 같은 입자에서부터 김밥용까지.

"골드 쿨리비악을 만드시게요?"

창혁이 물었다.

"응."

"오븐에서 나오면 김밥처럼 감아 내는 건가요?"

"아니."

"……?"

"너무 노골적이면 경박하잖아?"

"그럼?"

"안에다 감을 거야."

"그럼 안 보이잖아요?"

"보이게 해야지."

"셰프님."

"이것도 넣을 거야."

윤기가 꺼내 든 건 고구마와 대봉감이었다.

"고구마와 감?"

"안 될 거 없잖아?"

윤기는 고구마 하나를 허공에 던졌다가 받아 들었다.

마무리는 김풍원 사장에게 맡겼다. 조금 특별한 바다 생선 구매 요청을 냈다.

이탈리아의 수상자 도미니크, 그리고 일본의 수상자 데츠야. 그들과 경쟁할 생각은 없었다. 윤기가 생각하는 건 단 하나. 바바라를 즐겁게 만들려는 것뿐이었다. 먼 곳까지 데려온 절친의 패배를 즐거워할 사람은 없을 테니까.

이른 아침, 집을 나섰다. 하루를 초 단위로 쪼개 써도 모자랄 지경이었다. 요리 때문이었다. 하고 싶은 요리는 많은데 몸은 하나였다. 그나마 경모와 창혁 등의 약진이 짐을 덜어 주고 있었다. 알고 보면 요리는 팀플레이다. 혼자 할 수도 있지만 그건 옛날이야기. 더 많은 사람을 만족시키려면 더 숙련된 요리사들이 많아야 했다.

원 팀.

스포츠에만 해당되는 개념이 아니었다.

현대에는, 좋은 요리가 나오려면 원 팀이 필요했다.

그게 아니고 혼자라도, 제아무리 전설적인 셰프라고 해도, 혼자는 요리할 수 없었다. 요리는 과거에서 현대로 이어지기 때문. 윤기도 사실 역아와 안드레아 외에도, 수많은 셰프들의 요리나 레시피와 함께 가는 걸 부인할 수 없었다.

그래도 힘들지 않은 건 윤기 자신의 일이기 때문이었다. 수동이 아니라 능동이라는 것. 그건 쉽사리 닳지 않는 에너지가 분명했다.

"어?"

네거리쯤에서 전화가 들어왔다. 중국의 장 여사였다.

—송 셰프님.

"안녕하세요?"

중국어 통화가 시작되었다.

—굉장한 상을 받으셨더군요?

"아, 네. 덕분에요."

—사실 저는 셰프께서 받을 줄 알고 있었어요.

"그래요?"

—제 생각도 그랬지만 단문창 셰프께서도 확인을 해 주셨죠. 게다가 쉐궈민 총경리까지도 만족시키셨다면서요?

"그건 운이 좋았을 뿐입니다."

—요리에 운이 있나요? 맛은 정직한 거예요.

장 여사는 말본새가 고왔다.

"감사합니다."

─그랑 서울 호텔을 인수하신다고요?

"그것도 아세요?"

─한국 동향을 보고받고 있거든요. 셰프의 동선도 그중의 하나입니다. 감시하는 건 아니니 기분 나빠하지 마세요.

"괜찮습니다."

─실은 엊그제 쉐귀민 총경리의 부친 쉐쓰총 회장님을 만났어요. 사업차 말입니다.

"……."

─이야기 중에 셰프 말이 나왔는데 혹시 하루 정도 시간을 낼 수 있을까요?

"어떤 일일까요?"

─쉐쓰총 회장께 병약한 노모가 계신데 곧 생신이 돌아옵니다. 그런데 이분이 요리를 잘 먹지 못하니 저명한 셰프들을 초빙하고 있는데 별 재미를 보지 못했습니다.

"단 셰프님요?"

─단 셰프도…….

"음식을 넘기지 못하는 겁니까?"

─질긴 것만 아니면 먹는 건 가능한데… 이분이 원래 생선 좋아하셨다네요. 그래서 온갖 생선요리를 동원해 보지만 시원치가 않다네요.

"생선요리를 해 달라는 거로군요?"

─메뉴를 정하지는 않았지만 그럴 가능성이 높아요.

"하루 정도면 가능합니다. 호텔 정비 문제로 잠시 문을 닫을 생각이거든요."

―그럼 잘됐네요. 셰프께서 성공만 하시면 쉐쓰총 회장께서 보답을 하실 겁니다. 이분이 미식가인 데다 중국은 물론이고 한국 내에도 관련 사업이 많거든요.

"알겠습니다."

―그럼 그렇게 알고 쉐 회장님께 추천하겠습니다.

장 여사가 전화를 끊었다.

한 달여의 휴업.

호텔의 새 단장과 정비에 필요한 시간이었다.

원래는 팀원들과 신메뉴 연구를 진행할 생각이었다. 하지만 하루 이틀 정도는 문제가 없었다. 게다가 글로벌 미식 호텔로 자리를 잡자면 각국 상류층들과의 교류는 필수였다.

"셰프님."

호텔에 도착하자 바바라 일행이 윤기를 맞았다.

"조식은요?"

윤기가 묻자,

"LGY 스테이크에 초자연요정세트의 단품을 곁들여 먹었어요. 나무칩이 너무 좋았어요."

세 아가씨가 합창을 했다.

"점심 메뉴도 이미 예약해 두었고요."

바바라 목청이 높아진다.

"이번에는 다 빈치 세트에서 골랐어요."

"음, 소피아는 점심 굶는 거 아니고요?"

윤기가 물었다. 오후 5시가 먹방 예정이었다. 그러니 배를 비우고 시작하지 않을까 싶었다. 바바라가 대신한 답은 반대 쪽이었다.

"얘는 직전 식사를 2인분 먹고 시작해요. 굶어서 배가 고프면 오히려 못 먹는대요."

"······."

윤기가 웃었다. 알고 보니 먹방도 재능이었다.

"방송은 어디서 할까요? 홀도 괜찮고 저희 방도 괜찮아요. 아니면 셰프님의 주방도 좋고요."

소피아가 윤기를 바라보았다.

"패밀리룸이 있는데 거길 줄게요. 왜냐면 요리에 특별한 이벤트가 있거든요."

"이벤트요?"

"이리 잠깐······."

윤기가 소피아를 불러 귀엣말을 전했다.

"우와, 정말요?"

"쉬잇, 일급 비밀."

"알겠어요. 셰프."

소피아는 좋아 어쩔 줄을 몰랐다.

"뭔데, 뭔데?"

바바라와 레나가 소피아를 잡고 캐묻는다.

"비밀."

소피아가 달아나고 두 여걸(?)이 추격한다. 에너지가 넘치는 3인방이었다.

윤기는 주희에게 패밀리룸 예약을 지시하고 주방으로 돌아왔다.

"셰프님."

재걸이 숯불을 당겨 놓았다.

"그럼 오늘의 요리를 시작할까요?"

조리복을 입은 윤기가 앞치마 끈을 묶었다. 맛있는 하루의 시작이었다.

런치 타임의 폭풍이 지나갔다. 오늘은 무려 160인분을 소화했다. 내외부 정비를 위해 한 달여 예약을 중지한다는 공지가 나가자 아우성이 돌아왔다. 별수 없이 하루 소화량을 늘리고 말았다.

팀원들은 잠시 휴식이지만 윤기는 아니었다. 소피아의 먹방을 준비해야 했다.

[송아지 어깨살, 양지, 꼬리뼈, 시금치, 호박, 바닐라]

쿨리비악의 주재료였다. 그 옆에 다른 재료들이 놓였다.

[아침에 받은 특별한 생선살, 그물버섯]

[고구마 & 대봉 감]

[쌀, 박고지, 매실단촛물]

창혁과 재걸 등은 그새 수첩을 꺼내 들었다. 쉬는 것보다 윤기의 요리 복기를 택한 것이다. 어제와 다른 점이 눈에 띄었다. 오미자와 레몬소금, 유자와 재래꿀 등이 그것이었다.

"저 생선 뭐죠?"

재걸이 중얼거렸다.

"나도 모르겠는데?"

"고구마는 벌써 구워 놓았어요."

"오븐 온도는 60도였어."

"60도요?"

"고구마는 온도를 서서히 올려야 당분이 최고로 활성화돼. 75도가 넘으면 녹말을 당분으로 변화시키는 베타아밀라아제가 기능을 잃게 되니까."

"박고지는 또 뭐에 쓰려는 걸까요?"

"그러게. 전에는 무말랭이로 소고기를 만드시더니……."

"맛도 한층 강화되는 거 같아요. 오미자가 나왔어요."

"신맛과 단맛도 강화야. 레몬소금에 재래꿀까지 있으니……."

두 사람은 대화 중에도 윤기의 조리대에서 눈을 떼지 못했다.

윤기의 쿨리비악은 총 다섯 가지 종류가 열여섯 개로 펼쳐졌다. 오리지날 쿨리비악은 두 개뿐이었다. 나머지 열네 개는 네 가지 분화를 했다. 여기는 윤기의 미식 제국. 마음껏 재량을 발휘한 것이다.

"먹방용은 열 개라고 하지 않았나?"

창혁이 중얼거렸다.

"그러게요."

재걸도 공감이었다.

시작은 메밀이었으니 처음부터 멀리 가지는 않았다. 어깨살을 눈송이처럼 다진 것도 같았다. 변신의 주인공은 메밀이었다. 오리지널처럼 통메밀이 아니라 가루였다. 색도 다양했다. 단호박부터 포도, 딸기, 시금치 즙을 이용해 오색가루를 준비했다. 다진 고기에 양념을 마치고 얇게 펴 그 가루에 굴리니 황 셰프의 보석국수처럼 변했다. 그것으로 다섯 쿨리비악의 소를 채웠다.

두 번째는 간장에 졸여서 다져 낸 박고지에 매실단촛물과 깨를 뿌린 소였다. 여기 들어간 중심 재료는 볶아 낸 후에 지은 쌀밥, 이것으로 두 개를 만들었다.

세 번째는 말랑한 대봉감과 군고구마였다. 이것들은 분자요리법에 의해 황금 캐비어로 변신을 했다.

마지막으로 쓰인 게 생선살이었다. 마리네이드가 끝난 그것, 콩알 크기의 큐빅 모양으로 썰어 노릇하게 지져 내더니 소금과 후추 간만을 한 채 소로 넣었다. 이게 마지막 열 번째 쿨리비악이었다.

맛의 방향은 어제와 조금 달랐다. 오미자와 유지껍질, 레몬소금을 동원해 맛을 업그레이드시키는 한편 소피아의 신맛 취향을 저격해 주었다.

반죽에 공이 많이 들어갔다. 젤라틴 다음에 시금치 크레이프를 감싼 다음, 거기서 식용 금박이 나왔다. 금박은 신중하게 다뤄야 한다. 숨만 쉬어도 날아가기 때문이었다. 윤기는 중무장(?)이었다. 코를 막고 U자형 빨대를 문 것이다. 스노클링의 원리였으니 허공에 대고 호흡할 수 있었다.

김밥용으로 나온 금박은 붓을 이용해 입혔다. 구겨지면 모양을 버리고 날아가면 낭패······.

'후아.'

지켜보는 창혁과 재걸이 오히려 숨 가쁠 정도였다.

열 개의 금박 두르기가 끝나자 겉 반죽이 입혀졌다. 그제야 오븐의 문이 열렸다. 타이머를 작동하고 올리브 기름 앞으로 다가선다. 이제 바닐라칩 튀김 차례였다.

"선배."

재걸이 창혁의 옆구리를 툭 건드렸다. 아직도 남은 게 있었으니 바로 군고구마와 감으로 만든 '황금 캐비어'였다.

"가니쉬로 쓰려는 건가?"

창혁의 고개도 살포시 돌아간다.

잠자리 날개처럼 얇게 튀겨 낸 바닐라칩 맛을 보던 윤기가 시계를 바라보았다.

4시 45분.

이제 세팅할 시간이었다.

창혁과 재걸의 궁금증은 오븐이 열린 후에 풀렸다. 따로 들어간 두 개의 쿨리비악이었다. 윤기가 모서리를 살짝 잘라 내자 비밀이 드러났다. 속에 아무것도 들지 않았다. 캐비어들은 그 안으로 들어갔다. 안에 넣고 오븐으로 구우면 캐비어가 변형될까 봐 넣지 않았던 것이다. 잘린 모서리를 고구마 반죽으로 막으니 표시가 나지 않았다.

세팅은 초대형 접시를 이용했다.

그런데······.

접시가 무려 세 개였다. 초대형에, 그보다 작은 것, 그리고 딱 하나만 담을 접시.

초대형 접시에는 열 개가 담겼다. 호박머랭과 바닐라칩에 식용 카네이션 장식까지 마치니 한마디로 압도적이었다.

"주희 씨."

인터폰으로 주희를 불렀다. 주희 혼자 온 게 아니었다. 궁금증을 참지 못한 바바라와 레나도 동행이었다.

"소피아에게 세팅해 주세요."

윤기가 대형 접시를 가리켰다.

찰칵.

주희는 임무를 잊지 않는다. 특별한 메뉴였으니 특별하게 찍었다.

"와아……."

바바라가 어쩔 줄을 모른다. 숫자의 힘이다. 하나여서 아름다운 것도 있지만 반복됨으로써 멋진 것들이 더 많다. 가지런히 플레이팅된 열 개의 쿨리비악. 정말이지 황녀의 요리가 아닐 수 없었다.

"이런 거라면 나도 다 먹을 수 있겠어."

바바라의 군침이 폭발했다.

"정말요?"

윤기가 추임새를 넣었다.

"그럼요. 나도 나중에 도전하고 싶어요."

"그래서 연습 문제를 마련했죠."

"네?"

"이 접시가 바바라를 위한 겁니다. 소피아의 메뉴와 똑같이 만들었으니 옆에서 같이 해 보세요."

"정말요?"

"대신 이 비용은 페드로 회장님께 청구할 겁니다."

"문제없어요. 제가 모은 용돈도 많다고요."

바바라가 윤기 품에 안겼다. 바바라로서는 예상치도 못한 즐거움이었다.

"그럼 가 볼까요?"

윤기가 주희에게 사인을 주었다.

창혁과 재걸은 고개만 빼 들고 있다. 오리지널은 이미 보았다. 하지만 다른 것들은 제대로 보지 못했다. 쿨리비악 같은 건 잘라 봐야 아는 것. 그러니 궁금하지 않을 수 없었다.

"하나 남은 건 두 사람 몫이야. 지켜봤으니 맛본 다음에 시도해 봐. 메밀가루가 포인트니까 잘 골라 쓰고."

마지막 하나의 접시. 그걸 창혁의 품에 안겨 주었다.

"셰프님."

"제대로 못 만들면 그 비용은 월급에서 깔 줄 알아."

애정 어린 협박을 남기고 윤기가 주방을 나왔다.

"우왓."

패밀리룸의 소피아도 경악 수준의 반응을 보였다. 하나만으로도 황홀하던 쿨리비악. 그걸 열 개나 받아 드니 천국에 온 기분이었다.

"이런 요리라면 스무 개도 문제없을 것 같아요."

모니터와 카메라 설치를 마치고 손을 비비는 소피아. 기대감으로 벅찬 그에게 비밀의 쿨리비악을 알려 주었다. 조금 뒤에 자리 잡은 바바라에게도 마찬가지였다.

"접시 마지막에 놓인 걸 마지막에, 그것도 불을 완전히 끄고 먹으라 이거죠?"

소피아가 확인을 해왔다.

"게임체인저가 되어 줄 겁니다."

윤기의 말은 거의 확신에 가까웠다.

"우주도 먹어 치울 소피아입니다."

생방송이 시작되었다. 보통은 녹화를 한다고 했다. 하지만 상호 경쟁을 하다 보니 조작 방지를 위한 협의였다.

─안녕하세요? 저는 지금 로마에서 제일 잘나가는 레스토랑에 와 있습니다.

─예고한 대로 황금보스키상 요리 대전입니다. 오늘은 여러분의 애정이 너무너무 필요한 날입니다.

세 화면이 동시에 출발을 했다.

"셰프님."

주희가 윤기 팔을 당겼다. 핸드폰이었다. 다른 직원들 것까지 합쳐놓으니 소피아와 경쟁자들의 화면이 유튜브를 통해 나왔다.

"도미니코는 별 모양 라비올리고 데츠야는 여러 가지 생선의 살사 베르데예요."

주희가 영상을 가리켰다. 서로 다른 화면 속에 세 개의 요리가 보였다.

[쿨리비악─라비올리─생선 살사 베르데]

셋 다 유럽 요리다. 쿨리비악의 유래는 러시아. 그러나 프랑스에서 더 대중화되었다. 나머지 둘은 이탈리아다. 라비올리는 네모나 반달, 원형을 익힌 만두류이고 살사 베르데는 녹색 소스를 뜻한다. Salsa가 소스를 뜻하고 Verde는 녹색이라는 의미기 때문이다.

주재료는 이탈리아 파슬리다. 케이퍼와 엔초비, 마늘 등이 추가된다. 오이나 마른 비스킷을 넣기도 한다. 이것들을 곱게 다져 올리브 오일을 이용해 버무리면 된다.

겉보기에는 데츠야의 살사 베르데가 가장 유려하고 우아했다. 녹색 소스에 조개류에서 뽑아 낸 마리니에르를 섞었다. 이건 샬롯과 화이트와인으로 만든다. 조개의 육즙이 가미되었으니 담백함과 감칠맛은 거의 보증이었다. 녹색 소스 위에 올려진 광어나 대구, 도미 등의 생선살은 가히 침샘 폭발이었다. 주제를 보좌하는 미더덕과 관자살에, 칼집을 넣어 입체 모양을 낸 갑오징어는 하얀 별을 따놓은 것만 같았다.

멕시코어와 영어 댓글이 먼저 폭발한다.

ㄴ이건 요리가 아니고 큐레이트야, 큐레이트.
ㄴ광어살의 광채 좀 봐.
ㄴ군침을 부르는 막강 포스
ㄴ소스에서 바다 냄새가 나는 것 같아
ㄴ별 모양 갑오징어 포인트 너무 신박해
ㄴ꼴깍꼴깍 침이 고여서 미치겠다.

거기에 비하면 도미니코의 라비올리 비주얼은 조금 달린다. 하지만 만만하지 않았다. 일반적인 모양이 아니라 토성의 모양을 하고 있었다. 동그랗게 부푼 라비올리에 바삭하게 튀긴 소고기 띠를 둘렀다. 토마토와 바질 소스 또한 보통의 비주얼이 아니었다. 라비올리를 지긋하게 이고 있는 트러플에 싱그러운 느낌으로 마감된 바늘나무 한 줄기가 시선을 끌어당긴다.

자연스레 으깨 놓은 토마토 또한 구미를 당긴다. 그 상태로 트러플오일을 뿌린 모양이다. 한마디로 라비올리의 끝판왕다운 비주얼이었다.

라비올리는 동양의 딤섬 이상으로 마니아가 많다. 그 마니아의 기대도 폭발적이었다.

ㄴHi, 지상 최강의 라비올리.
ㄴ황금보스키상의 위엄 봤지?
ㄴ진짜 한입만 먹고 싶다.
ㄴ소스라도 남겨 주면 안 되겠니?
ㄴ요리 맛 좀 안다면 단연코 라비올리지.

"이건 100점짜리 쿨리비악입니다."

소피아는 기죽지 않았다. 윤기의 쿨리비악 하나를 들어 보였다. 맨손이었다. 뜨거워 호호거리는 표정이 사랑스러웠다. 카메라 앞의 소피아는 어제와 다르게 보였다.

"어제 이걸 먹다가 까무러칠 뻔했어요. 그래서 오늘은 강심제까지 먹고 나왔습니다. 세상에서 제일 억울한 게 맛난 걸 앞에 두고 기절하는 것 같아서요. 자, 그럼 보물함처럼 궁금한 쿨리비악의 비밀, 황금보스키상 최초로 100점을 받은 위엄을 여러분에게 공개합니다."

소피아가 오리지널의 배를 갈랐다.

모락.

"……?"

풍미를 맡은 소피아가 몸서리를 쳤다. 의도된 리액션이 아니었다. 어제의 맛 펀치보다 강력한 펀치를 얻어맞은 것이다. 오미자로 강화된 맛 때문이었다. 게다가 소피아가 좋아하는 향도 진했다.

"이건 정말 먹지 않고는 배길 수 없는 요리네요."

반으로 자른 쿨리비악을 카메라 앞에 내밀어 보인 소피아. 크게 한 입 베어 물더니 바로 자지러져 버렸다. 자신도 모르게 눈을 감더니 눈물까지 흘린다.

"아음, 정말이지 너무너무 행복해요."

소피아의 몸서리 사이로 댓글들이 지원 사격을 날렸다.

ㄴ우리 소피아가 우는 건 처음이잖아?
ㄴ쿨리비악의 신세계닷
ㄴ군침이 돌기 시작하는데?
ㄴ푸짐한 건 일단 인정
ㄴ그래도 100점 만점은 조금 아닌 듯?

초반 기세는 기대에 미치지 못했다. 셋 중에서는 데츠야의 살사 베르데가 앞서 나갔다.

윤기의 시선은 라비올리에 있었다. 납작한 라비올리를 토성으로 구현한 도미니코 셰프. 바삭한 쇠고기 띠와 어우러진 소가 궁금했다. 기본적으로 만두였으니 소가 핵심이기 때문이었다.

"……!"

화면을 보던 윤기, 고개가 절로 끄덕여졌다. 한 가지 소가 아니었다. 윤기처럼 다양한 맛을 숨겨 놓았으니 가장 시선을 끈 건 해초로 채운 소였다. 새우살과 함께 들어간 세 가지 해초의 비주얼이 기가 막혔다.

ㄴ띠가 소고기인가 봐, 바삭하는 소리 너무 좋다.
ㄴ흰살생선 소도 있고 과일 소도 있어.
ㄴ나는 해초 소가 땡겨. 새우살도 너무 촉촉하잖아?

댓글의 내공들도 만만치 않았다. 요리를 제대로 이해하는 사람들이 많았다.

윤기의 시선은 데츠야의 요리로 옮겨 갔다. 소스가 클로즈업되고 있었다. 소스 구현은 흠잡을 데가 없었다. 그 질감 또한 압권이었다.

일부 재료는 질감을 살려 비주얼에 더불어 구미를 촉발하는 뇌관으로 남겼다. 저렇게 되면 먹을 때도 풍미의 기폭제가 될 수 있었다. 하얗게 부서지는 광어살은 촉촉함 그 자체다. 입에 넣으면 담백한 감칠맛으로 녹아 버릴 기세였다.

생선의 배색도 안배를 했다. 도미는 껍질을 살려 붉은빛을 냈으니 노랑 껍질을 가진 어류와 줄무늬 어류 등이 조화를 이루고 있었다.

"셰프님."

주희 표정이 어두워진다. 좋아요 때문이었다. 데츠야의 살사 베르데가 멀찌감치 앞서가고 있었다.

두 번째 쿨리비악에서 조금 만회가 되었다. 바삭한 겉이 부서지면서 드러난 식용 금박의 품격 때문이었다. 초록의 시금치 크레이프를 감싸고 있어 더 강조가 되었다. 이어 그 안의 내용물들… 페인팅이라도 한 듯 오색의 진주알들이 밀려 나왔다.

ㄴ시금치 앞의 막, 골드 같은데?
ㄴ내용물도 보석 같아.
ㄴ아아, 저러면 신이나 요정들의 요리 같잖아?

댓글들이 기세를 올린다. 다섯 가지 물을 들인 어깨살의 구슬 예찬이었다.

"보석보다 맛난 쿨리비악이네요. 다섯 가지 색깔은 메밀에 들인 물인데 과일과 채소에서 유래되었어요. 씹을 때마다 조금씩 맛이 달라지니 진짜 식용 보석 요리를 먹는 기분이에요."

흥분한 소피아 옆으로 바바라가 엿보인다. 카메라의 중심 앵글에서 벗어난 바바라도 보석 소에 취하고 있었다.

소피아는 여기서 약간의 만회를 했다. 하지만 데츠야의 살사 베르데는 틈을 주지 않았다. 빨간 껍질과 노란 껍질의 생선살이 부각되자 격차가 또 벌어졌다.

다음에 시도한 건 군고구마와 대봉 감의 소. 반으로 가르자 황금 캐비어들이 쏟아져 나왔다. 분자요리로 만든 캐비어였다. 마치 연어알을 쏟아 놓은 듯 기막힌 비주얼이었다.

"아아, 이건 정말 참을 수 없는 부드러움에 혀를 녹이는 새콤달콤이에요. 아이스크림이 따로 없네요."

소피아의 몸서리가 극에 달했다. 고기 다음에 이어지는 달달하고 부드러운 맛의 향연. 그녀의 폭식에 가속을 붙여 주었다.

아쉬운 건 역시 맛이었다. 소피아는 몸서리를 치지만 맛 자체를 보여 줄 수는 없었다.

맛의 무아지경에 빠진 소피아의 열연 때문이었을까? 데츠야의 요리와 벌어졌던 간격이 더 벌어지지는 않았다.

소피아의 감동은 다진 박고지와 볶은 쌀의 소에서 절정에 달했다. 소피아는 숨이 넘어갈 지경이다. 찰지게 변한 박고지의 쌀의 조화가 뇌수를 흔들었다. 매실단촛물의 배합 역시 소피아의 폭식에 불을 당겼다. 맛에 홀린 소피아는 좋아요 경쟁조차 잊을 지경이었다.

"이제 하나가 남았어요."

주희 목소리가 떨렸다. 경쟁하는 두 유튜버들의 요리도 끝물이었다. 라비올리는 세 개 남았고 살사 베르데는 한 접시가 남았다. 소피아에게 남은 건 특별한 생선 소가 들어간 쿨리비악.

대반전이 가능할까?

"힘들겠는데?"

언제 왔는지 이리나가 중얼거렸다.

"뒤집을 수 있어요."

주희 생각은 달랐다.

"차이가 너무 나잖아? 살사 베르데가 1등을 내준 적도 없고."

"방콕에서도 그랬어요."

"응?"

"주최 측이 올린 동영상 보셨잖아요? 결과가 나오기 전까지는 송 셰프님이 불리했어요. 그래도 그걸 뒤집었다고요."

"그건 맛 때문이었지. 하지만 유튜브 시청자들은 요리의 맛을 볼 수 없으니까."

"그래도 뒤집을 거예요. 셰프님이 말했거든요. 저게 게임체인저가 될 수도 있을 거라고."

"뭐 나도 그러길 바라지만……."

이리나가 말끝을 흐렸다. 이유가 어쨌든 데츠야 편을 들 수는 없기 때문이었다.

"우와, 어느새 하나가 남았어요."

소피아가 마무리에 들어간다.

"아시다시피 제 정량은 이미 넘었어요. 그런데도 이건 한없이 들어가네요. 무리하면 다섯 개는 더 먹을 것도 같아요."

소피아가 마지막 쿨리비악 접시를 당겨 놓았다.

"요 안에는 어떤 소가 들었을까요? 그런데 요건 먹는 방법이 조금 다르답니다."

└한입에 먹으면 좋아요 쏴 준다.

ㄴ소피아가 하마냐? 다섯 입도 괜찮아.
ㄴ요염하게 누워서 먹는 건가?

댓글들이 호기심을 보이는 순간,

딸깍.

소피아의 패밀리룸에 조명이 꺼졌다.

"어머."

이리나가 먼저 소리를 질렀다.

"셰프님."

주희도 어쩔 줄을 모른다.

소피아의 먹방. 거기 별이 뜨고 있었다. 접시 위에 한가득이다. 그 별들이 무리를 지어 소피아의 입으로 들어간다. 그 순간에 조명이 들어왔다.

"보셨어요? 제가 뭘 먹고 있는지?"

소피아가 두 손을 펴 보였다. 그 손에 쿨리비악의 소가 묻어 있었다. 마지막 쿨리비악. 스푼과 포크 대신 두 손이었다.

딸깍.

다시 조명이 나가자 두 손은 별무리로 변했다. 그 손으로 별덩어리를 집는다. 별이 소피아의 입으로 들어간다. 그 뒤쪽에서 배경을 이루는 바바라도 그랬다. 아련하게 보이니 또 하나의 우주처럼 보였다.

ㄴ어떻게 된 거야?
ㄴ별을 먹고 있잖아?

└진짜 별이야? 아니면 형광물질 첨가?

댓글 창에 난리가 나기 시작했다. 그사이에 또 조명이 들어왔
다. 소피아가 두 손을 펴 보인다. 손에 묻은 건 분명 쿨리비악의
소였다. 하지만 불을 끄면……

└다시 별이 되었어.
└마법의 쿨리비악.
└소피아가 정말 요정이 된 거 아니야?

"이거 되게 궁금하죠? 제가 비밀을 밝혀 드릴게요. 절대 사기
아니거든요. 형광물질 같은 건 근처에도 안 갔고요."

조금 남은 소를 작은 접시에 쓸어 담은 소피아가 화면을 바라
보았다.

다시 불이 꺼진다.

작은 접시 위에 별이 떴다.

불이 켜진다.

접시 위의 별은 그냥 생선살 소였다.

"이게 바로 황금보스키상 역사상 첫 100점 만점에 빛나는 셰
프님께서 제게 주신 선물입니다. 소는 야광성 어류의 살로 만들
었는데요 애들이 밤이 되면 빛이 난대요. 그래서 불을 끄고 먹
으면 별이 되는 거죠."

└야광성 어류가 답이었어?

ㄴ진짜 기발하다.

ㄴ나도 별 쿨리비악 먹고 싶어.

댓글창의 폭주가 시작되었다.

"셰프님."

핸드폰 영상을 보던 주희가 소리쳤다. 좋아요가 변하고 있었
다. 소피아 쪽이었다.

"까악, 고맙습니다. 여러분."

패밀리룸에서 소피아의 비명이 터졌다.

대역전극.

그걸 펼친 소피아였다. 별을 먹는 모습이 제대로 먹혔다. 소피
아는 결국 근소한 차이로 경쟁상대들을 물리쳤다.

"셰프."

소피아가 달려와 윤기 볼에 키스를 작렬 시켰다.

"셰프가 최고예요."

바바라의 우정도 윤기 볼 키스에 동참을 했다.

"셰프님."

윤기 볼에 묻은 야광성 어류 조각을 떼어 주머 주희가 웃었
다.

짜릿한 역전, 진짜 별빛처럼 환상적이었다.

제7장
—
좋은 요리, 좋은 사람들

야광성 어류.

그건 안드레아 회심의 레시피였다. 야광성 어류에서 빛이 난다는 것도 안드레아가 발견했다. 괴식 덕분이었다. 심해 어류를 찾는 미식가가 있었다. 수압이 센 곳에 사는 물고기는 간의 맛이 특별할 것 같다는 게 이유였다.

수산물 도매상에 부탁해 심해어를 사들였다. 야광성 어류가 일부 딸려 왔다. 지식을 이용해 불을 꺼 보았다.

"유레카."

안드레아가 부른 만세였다. 야광성 어류의 살은 요리가 되고서도 빛이 났다. 특별한 이벤트용으로 딱이었다. 귀부인이나 여류 스타들의 마음을 사는 데 유용했다.

불을 끄면 반짝반짝 빛이 나는 요리. 형광물질이 아니라 자연적인 발광임을 안 미식가들은 더욱 열광했다. 덕분에 프러포즈 용 요리로도 인기 몰이를 했었다.

"바바라는 어땠어요?"

윤기가 바바라의 소감을 물었다. 소피아보다는 그녀가 메인이 라는 것, 윤기는 잊지 않았다.

"금박의 색감에 충격 먹었어요. 무지개를 입힌 고기도요, 부드 러운 맛의 캐비어는 마치 스위티 크림을 담은 것 같았고……."

바바라의 몸서리가 다시 시작된다. 뇌의 중독이 덜 풀린 모양 이었다.

축하를 전하고 주방으로 돌아왔다.

"셰프님."

창혁과 재걸이 부동자세를 취했다. 윤기의 과제를 마친 눈치였 다. 표정은 그렇게 밝지 않았다.

"어디 한번 볼까?"

윤기가 시식에 들어갔다. 재걸의 소는 매끄럽고 우아한 풍미 를 풍겼다. 창혁의 것도 마찬가지였다.

"어때요?"

재걸이 물었다.

"내 것과의 차이는?"

"저희 것이 맛이 조금 약한 거 같기는 해요."

"메밀가루 가져와 봐. 전부."

"알겠습니다."

윤기의 지시는 곧 이행되었다. 가루는 모두 세 가지였다.

"이것 썼지?"

윤기의 손이 가리킨 건 가장 곱게 보이는 가루였다.

"네."

"이유는?"

"제일 잘 갈린 것 같아서요."

"맛은 안 봤어?"

"……."

"지금 확인해 봐."

"생가루를요?"

"향신료도 날것으로 확인하잖아?"

윤기가 웃었다. 창혁과 재걸이 메밀가루를 찍어 먹었다.

"우리가 쓴 건 부드럽고 두 번째 것은 무난하고 마지막 것은 조금 거칠지만 메밀 향이 조금 진한 거 같아요."

"왜 그럴까?"

"……."

"정답부터 공개하자면 내가 쓴 것은 마지막 메밀이었다. 힌트는 쌀에 있지. 밥맛이 도정에 따라 변하는 건 알지?"

"아."

창혁이 신음 소리를 냈다. 감을 잡은 모양이었다.

"메밀도 똑같아. 배젖이 있는 중심만 갈아 내면 첫 번째 가루, 배젖에 배아까지 갈면 가운데 가루, 거기에 더해 바깥쪽의 가루까지 더하면 마지막 가루. 마지막 것이 질감은 좀 투박해도 풍미는 가장 좋아. 젊은 고객들이니까 풍미를 올리기 위해 그걸 쓴 거야."

"……."

"나이 든 어르신이라면 반대로 가면 좋겠지?"

"네."

"여기서 중요한 거?"

"레시피는 기준일 뿐 상황에 따라 초월해야 한다."

"알았으면 또 디너 준비해야지?"

윤기가 시계를 보았다. 하루 세 끼는 무조건 돌아온다. 요리사에게는 축복의 루틴이었다. 만약 사람이 하루 한 끼만 먹고 산다면? 혹은 폭식 후에 곰처럼 오랫동안 동면을 한다면? 셰프라는 직업은 지금처럼 각광받았을 리 없었다.

"드롭."

쿨리비악에 취해서일까? 서양 주방의 전문용어가 나오고 말았다. 드롭은 요리를 시작하자는 뜻이었다.

"디너 오더 확인."

윤기가 분위기를 환기시켰다.

"LGY 스테이크 132."

"클레오파트라 세트 8."

"다 빈치 단품 22……."

정 위치로 돌아온 경모를 시작으로 힘찬 복창이 이어진다.

바바라의 이야기를 들은 걸까? 비즈니스를 나갔던 페드로가 주방의 복도까지 왕림을 했다. 그가 엄지를 세워 보인다. 저 거물이 순한 양이 되는 경우는 두 가지뿐이다.

하나는 딸 바바라 앞에서.

또 하나는 윤기의 요리 앞.

이래저래 요리가 더 신바람 날 수밖에 없었다.

　　　　　　*　　　　　*　　　　　*

"기준이 뭔가?"

회의실 안에서 이지용이 물었다. 안에는 페드로와 설 대표가 포진하고 있었다. 마침내 새로이 경영을 맡아 줄 인물의 면접 날이었다. 설 대표도 참여시켰다. 호텔 실무라면 그가 전문이기 때문이었다. 책임감이 강한 데다 매형 이지용이 미는 윤기인지라 요청을 거절하지 않았다.

"첫째는 요리입니다."

윤기의 기준이었다.

"둘째는?"

"역시 요리입니다."

"셋째도 요리겠군?"

"그렇습니다."

윤기의 기준은 확고했다.

요리 힐링과 미식을 지상목표로 삼는 힐링 호텔이었다. 그렇기에 먹는 만족도가 우선이었다. 그게 우선되어야 다른 호텔들과 차별화될 수 있었다.

그렇다고 요리사를 뽑는 건 아니었다. 그렇기에 이지용과 페드로, 설 대표의 경륜이 필요했다. 한 사람은 대기업의 오너, 또한 사람은 오너이자 글로벌 투자자, 그리고 호텔경영 전문가 설 대표.

이런 진용이라면 보는 것만으로도 적임자를 알아볼 수 있었다.

그 이유만으로 세 사람을 내세운 건 아니었다. 이지용과 페드로는 양대 투자자였다. 면접관으로 내세움으로써 호텔에 대해 지속적인 관심을 촉발하고 피면접자에게는 리폼 호텔의 위상을 강조할 수 있었다.

사실 사람을 보는 건 윤기도 큰 문제가 없었다. 칼날 같은 음모와 쟁투 속에서도 결국은 권력을 손에 넣은 역아의 경험치가 있는 것이다.

"이 팀장님."

윤기가 인터폰을 누르자 박 비서가 들어섰다.

"시작하세요."

윤기의 지시와 함께 피면접자들이 입장을 했다.

[장태산, 김광규, 우형준]

모두 세 사람이었다. 김혜주를 비롯해 설 대표와 이지용의 아내 등이 추천한 사람들이었다. 모두 여섯이었는데 윤기가 반으로 추렸다.

셋은 모두 30대 중반을 넘지 않았다. 영어에 능통하거나 중국어 혹은 불어에 에스파냐어 능력을 갖추었다. 셋 다 외국 생활을 하다 한국에 들어왔다. 호텔 전문가들은 아니었지만 힐링이나 여행업 등에 관심이 많았다.

"요리하는 송윤기입니다."

세 사람이 착석하자 윤기가 일어섰다. 세 사람은 윤기를 알고 있었다.

"긴장 푸시고 자연스럽게 임해 주시기 바랍니다."

간단한 말에 이어 이지용과 페드로, 설 대표를 소개했다. 면접 분위기는 자유로웠다. 이지용의 질문은 딱딱하지 않았고 페드로 역시 상황을 자연스럽게 리드했다. 설 대표도 호텔 경영에 대한 여러 가지 에피소드를 들려 주며 대처 능력을 체크해 나갔다. 면접 진행의 언어는 영어였다.

요리에 대한 관심, 호텔경영에 대한 마인드, 가치관 등의 의견이 나왔다.

"미식 힐링 호텔로 성공할 가능성은 60% 정도로 판단합니다. 두 가지 긍정 요인이 있는데 바로 송 셰프님의 요리와 그 분위기에 어울리는 앤틱한 호텔 분위기입니다. 경영 파트에서 이 시너지를 살려 주면 나머지 40%를 채울 수 있다고 봅니다."

우형준의 의견이었다.

"호캉스 기능을 중심으로 호텔을 재편하고자 합니다. 예약과 동시에 예약된 요리에 대한 정보를 제공해 기대감을 높이고 국내외 미식가들을 집중 공략 해 세계 미식의 중심으로 도약하겠습니다. 그 실현을 위해 층별로 다양한 숙박시설 분위기를 창출하고 대표 요리를 직접 체험하는 프로그램 등을 도입해 작지만 강한 호텔로 자리 잡겠습니다."

장태산도 의욕에 넘쳤다.

"저는 요리 궁전을 염두에 두고 있습니다. 지불한 비용에 따라 다양한 요리를 맛볼 수 있는 시스템, 혹은 호텔 내에서 마음대로 쓸 수 있는 푸드 머니 제도를 도입해 요리에의 손쉬운 접근과 함께 매출 증대를 꾀할 생각입니다."

김광규 역시 경쟁자들에게 지지 않았다.

"어느새 식사 시간이 되었네요. 우리가 미식 호텔을 지향하고 있으니 식사부터 하기로 하죠."

윤기가 시계를 가리켰다.

문이 열리면서 카트가 들어왔다. 요리 숫자가 많았다. 윤기의 주력 메뉴 LGY 스테이크에 세 가지 소스가 딸렸고 그것 외에도 네 가지 요리가 더 나왔다. 황금보스키상의 쿨리비악, 다 빈치의 왕새우요리, 최후의 만찬의 장어, 싱가포르에서 선보인 토마토 밀푀유 등이었다.

그런데.

술은 좀 독특했다. 와인도 아니고 고량주도 아니고 꼬냑도 아니었다.

[보드카, 오드비, 아쿠아비트]

만찬이나 연회에서는 흔한 주종이 아니었다. 설 대표가 윤기를 바라보았다. 윤기는 찡긋 윙크로 설 대표의 입을 막아 놓았다.

"드시죠."

세팅을 마친 윤기가 식사를 권했다.

"술도 음미 정도는 해 주시기 바랍니다."

윤기가 말하자 주희가 세 가지 술을 서빙했다.

"이게 바로 그 유명한 쿨리비악이군요? 정말 이 세상 모든 어머니의 정성을 하나하나 모은 듯 귀한 요리입니다."

우형준이 소감을 밝혔다.

"송아지 고기가 분자요리의 구체화 기법인 줄 알았습니다. 굉장히 균등하네요."

김광규도 감상을 밝힌다. 분자요리에 대해서도 조예가 있는 사람이었다.

"저는 장어가 더 끌리네요. 최후의 만찬이라는 역사성 때문일까요?"

장태산은 다른 주제를 끌어들였다.

"덕분에 여러 가지 요리를 즐기는군요. 이런 자리는 언제라도 환영입니다."

페드로조차 만족스러운 표정을 지었다.

식사는 그렇게 끝났다.

주희의 서빙은 차로 이어졌다. 투명한 유리잔에 커먼말로우꽃 한 송이. 거기 레몬수를 붓자 꽃이 핑크빛으로 변했다.

"와아."

피면접자들이 가벼운 감탄사를 터뜨린다. 분자요리에 쓰이는 변색의 메커니즘은 분위기 전환에 그만이었다.

"이제 면접을 마무리해야겠습니다."

찻잔을 두 손으로 잡은 윤기가 말문을 열었다.

"……!"

피면접자들은 바로 긴장 모드로 들어갔다.

"마무리는 방금 전의 식사 소감으로 하겠습니다. 차를 다 마신 후에 한 분 한 분 말씀해 주시면 됩니다."

식사 소감.

피면접자들은 아차 싶었다.

다양한 요리에 뜻밖의 주류.

그냥 나온 게 아니었다.

자연스러운 듯 차를 마시지만 머릿속은 복잡했다. 윤기 옆의 이지용은 빙그레 미소를 감추고 있었다. 윤기의 의도를 알 것 같았다.

세 후보자.

스펙은 비슷했다. 1차에서 거르고 올라왔기 때문이었다. 윤기를 아는 사람들이 추천한 인물들이라 신뢰도도 높았다. 그러니 누굴 뽑아도 꽝은 아니었다. 그렇다면 실전이 중요했다. 윤기의 호텔에서는 그 실전이 요리에 대한 조예였다.

"누가 먼저 말씀하실까요?"

찻잔이 비자 윤기가 주의를 환기시켰다.

"오늘 요리에는 유럽의 향이 듬뿍 담긴 것 같습니다. 쿨리비악은 러시아가 기원인데 다 빈치는 이탈리아 사람이죠. 장어는 일본에서 유명하고 밀푀유는 프랑스 쪽, 이건 주류에서도 확인이 되는데 보드카의 러시아와 오드비의 프랑스, 아쿠아비트의 스칸디나비아 반도… 그것은 곧 리폼 호텔이 추구하는 미식의 방향이라고 생각합니다."

김광규의 포문이었다. 면접에서는 기선 제압이 중요했다. 유사한 주장이라면 먼저 발표하는 게 유리하기 때문이었다.

"저는 주력 요리의 아이템으로 생각했습니다. 한국 스테이크 요리의 새 바람으로 불리는 LGY와 황금보스키상의 쿨리비악, 다 빈치의 요리들… 제가 리폼 홀의 내력을 조사해 봤더니 짧은 시간에도 불구하고 탄탄한 메뉴들이 포진하고 있더군요. 더 중요한 건 나날이 추가되고 있다는 사실. 이런 수준이라면 1년 안에 미식의 도시로 불리는 파리와 도쿄, 베이징과 뉴욕의 유명 힐링 요리들과 어깨를 겨루도록 하겠습니다."

우형준의 방향도 좋았다.

남은 사람은 장태산뿐이었다. 그는 아이패드로 뭔가를 정리하고 있었다. 그러다 손을 멈추고 고개를 들었다.

"앞선 두 분의 식견이 굉장하네요."

의례적인 말이 아니라 촌사람처럼 꾸밈없는 마음이 돋보였다.

"솔직히 말씀드리면 요리 맛을 보라는 테스트인 걸 알았습니다. 그래서 요리의 맛을 정리하고 있었어요."

"맛은 어땠죠? 정리까지 하셨다니 듣고 싶네요."

윤기가 장단을 맞춰주었다.

"주류는 심플하지만 어느 요리하고나 잘 어울리는 스타일, 요리는 미묘하게 오미를 한 가지씩 강조한 맛… 예를 들면 쿨리비악은 감칠맛, 왕새우는 달달함, 장어는 짭쪼름, 토마토는 새콤… 그리고 스테이크는 이 모든 맛의 균형……."

"……?"

장태산의 설명에 윤기 시선이 출렁거렸다. 그의 평가는 거의 정확했다.

"그런데 맛을 음미하다 보니 다른 느낌이 오더군요. 다 빈치는 창의력의 천재, 나머지 요리는 셰프님의 것인데 그 또한 보스키도르에서 전문가들에게 참신성을 인정받은 역작."

장태산의 시선이 윤기와 면접자들을 바라보았다. 정면으로 마주치는 데도 사람을 편하게 만드는 눈빛이었다.

"그때 술을 바라보다가 가슴이 철렁해 버렸어요. 보드카 이게 러시아에서는 생명의 물로 통하거든요. 그리고 오드비도 마찬가지로 eau de vi… 생명수라는 단어, 나아가 아쿠아비트, 이 또한 생명수라는 뜻이지 않습니까?"

"……!"

이 설명에서 두 경쟁자들이 흠칫거렸다. 그들이 놓친 무엇. 그게 있음을 알게 된 것이다.

"요리는 창조 쪽이고, 주류는 생명 쪽… 결국 최상급 요리의 창조로 리폼 호텔의 활로를 찾아가자는 뜻 아니겠습니까?"

경영 전반을 맡아 줄 사람은 장태산으로 정해졌다. 그는 김혜주의 지인이 추천한 사람이었다. 면접의 마무리도 아름다웠다.

요리 품평이 끝나자 윤기가 종이 한 장씩을 돌렸다. 거기다 마음에 드는 인물의 이름을 적었다. 그런 다음 동시에 패를 까 보였다.

[장태산]

만장일치의 몰표였다.

"앞으로 잘 부탁드립니다."

"셰프님을 모시게 되어 영광입니다."

윤기와 장태산, 리폼호텔의 쌍두마차가 손을 잡는 순간이었다.

＊　　　　＊　　　　＊

부사장.

장태산에게 부여된 직함이었다. 요리를 제외하고 모든 전권을 주었다. 그는 제대로 된 사람이었다. 미국 시민권자를 가지고 있으면서도 해병대 자원 입대를 했다. 병장 만기 제대를 한 것이다. 미국으로 돌아가 예일대를 마쳤다. 하지만 그런 말은 지원서에 없었다.

"건강한 한국인이라면 당연한 일 아닙니까?"

장태산의 생각이었다.

제대하고 복학하기까지의 5개월 공백. 그는 배낭 하나를 메고 유럽을 돌았다. 그럴 생각이었다. 북부 이탈리아의 끝마을 산레모의 카페에서 라오스 대학생을 만났다. 그를 따라 라오스로 향했다. 매료되었다. 남은 시간은 동남아시아를 도는 데 사용했다.

5개월로 가 보지 못한 지구촌은 복학 후의 방학을 이용했다. 가는 곳마다 다른 사람들의 모습과 환경에 매료되었다. 그 경험을 바탕으로 미국 최고의 호텔 사이트 매니저를 맡았다. 각국의 특별한 호텔을 연결하는 네트워크도 구현했다.

아쉬운 게 한 가지 있었다.

바로 요리였다.

호텔은 돈으로 해결이 되었다. 외관이 멋진 호텔이나 객실 뷰가 아름다운 호텔은 널리고 널렸다. 그러나 잊지 못할 요리를 내놓는 호텔은 드물었다. 진정한 여행을 완성시키려면 이 두 가지의 케미가 필요했다. 그런 일을 찾던 차에 리폼 호텔의 제의를 받았다.

검색부터 했다.

윤기의 요리가 나왔다.

평범한 요리가 아니었다. 그 요리에는 시간이 있고 역사가 있고 문화가 있었다.

'바로 이거야.'

다른 곳도 아닌 한국, 개척할 여지가 많은 곳, 그렇기에 유수한 호텔과 관련 업체들의 영입 제의를 뿌리치고 날아온 장태산이었다.

더 마음에 드는 건 그의 자세였다.

합격을 통지한 다음 날 아침, 그는 주방 앞 복도에 나와 있었다.

"누구시죠?"

제일 먼저 출근한 창혁이 물었다.

"신입입니다."

그의 대답이었다.

그때 윤기가 들어섰다.

"어, 부사장님."

"굿모닝, 셰프."

장태산이 웃었다. 호칭에 대해서는 미리 당부를 했던 윤기였다.

"웬일로요?"

"요리 공부 좀 하고 싶어서요."

"네?"

"리모델링 시작까지 며칠 안 남았잖습니까? 조리복도 하나 얻을 수 있을까요?"

"부사장님……."

"부탁드립니다. 주방을 모르고 업무 설계를 할 수는 없죠."

"하지만 출근까지……."

"그럼 임시 트레이니로 임명해 주시죠."

장태산은 거리낌이 없었다.

"창혁아, 재걸아."

일찍 출근한 두 사람을 불렀다.

"네, 셰프님."

"여기 내부 수리일까지 주방 허드렛일 맡아 줄 트레이니. 나이 고려치 말고 제대로 굴려 먹어라."

그러잖아도 마음에 들던 사람, 윤기가 그 뜻을 받아 주었다.

곧이어 경모와 명규가 출근을 했다.

"좋은 아침입니다."

다들 상쾌하다.

"스테이크 연습은 어떻게 되어 가죠?"

윤기가 중간 체크에 들어갔다.

"날짜만 잡아 줘."

경모가 대표로 답한다.

"그럼 내일 디너 타임 끝나고 어때요? 그 이후로는 내가 좀 바빠서……."

"내일요?"

창혁이 비명을 질렀다.

"자신 없는 사람은 기권해도 돼."

"그건 아니고요."

"그럼 내일 저녁으로 당첨, 다들 아셨죠?"

"네."

팀원들이 입을 모았다.

"오늘 방송 녹화 간다고 하셨죠?"

창혁이 물었다.

"응."

"준비할 거 없나요?"

"디너 타임 끝날 무렵에 갈 거니까 뒷정리 좀 부탁해."

"수아가 보조로 나온다면서요?"

"응."

"로봇 팔… 괜찮을까요?"

"너, 수아를 잘 모르는구나?"

"……?"

"수아는 그냥 열두 살이 아니야. 집념의 열두 살이거든. 볼래?"

윤기가 동영상을 틀었다. 수아가 나왔다. 하얀 조리복을 입고 있다. 야무지게 걷어붙인 팔은 로봇 팔이었다. 이제는 왼팔도 있었다. 윤기가 황금보스키상 한턱을 낸 사흘 후에 장착되었다. KIST 김 박사의 배려였으니 열 일 제치고 매진해 준 덕분이었다.

윤기의 방송 출연은 그때 통보가 되었다. 이상백의 알선이었다.

황금보스키상 최초의 100점 만점 셰프.

그것 하나로도 이슈가 된 것이다.

이상백의 '직감'이 수아를 붙여 주었다.

성자의 셰프.

이제는 잊혀 가지만 반향이 굉장했었다. 그 아이에게 두 팔이 생겼다면 어떤 반응이 나올까? 그 팔을 성자의 셰프가 달아 주었다면?

단순히 윤기를 띄우기 위한 것만은 아니었다. 그럴 자격이 있다고 판단한 이상백, 예능 국장을 찾아가 담판을 보았다.

영상 속의 수아가 감자를 집는다. 왼손으로 고정하고 오른손으로 깎는다. 서툴다. 떨어뜨리기도 한다. 그래도 싸목싸목, 결국 감자를 깎아 놓고 고기를 다져 놓았다.

"미션 완료."

화면 속의 수아가 로봇 팔을 흔든다. 윤기 못지않게 당당한 셰프의 모습이었다.

"셰프님."

디너 타임의 요리로 분주할 무렵, 주희의 인터폰이 들어왔다.

"페드로 회장님과 따님이 체크아웃을 하십니다."

"알았어요."

대답과 함께 스테이크를 마무리했다.

"에르베 셰프님, 시어링 좀 부탁해요."

뒷일을 맡기고 리셉션으로 나왔다.

"셰프."

바바라와 소피아가 날아든다. 정말이지 돌격 수준의 포옹이었다.

"다시 봐요."

바바라는 쿨했다. 마치 내일 올 것처럼 손을 내밀었다.

"기다리죠."

"다음에 오면 새로운 메뉴가 나와 있겠죠?"

"없으면 만들어 놓을게요."

"우리 아빠, 나 몰래 혼자 오면 알려 주세요."

"으음… 그건 좀……."

"셰프 체면에 고자질은 좀 그렇죠?"

"아시는군요?"

"다음에는 남자친구를 데려올 생각이에요."

"강추합니다."

"소피아, 네 차례야."

인사를 마친 바바라가 소피아 등을 밀었다.

"바바라가 오면 저도 같이 올 거예요."

"그럼 소피아도 남친 동반이겠네요?"

"엊그제 겨룬 유튜버들이랑 와도 될까요? 쿨리비악 먹고 싶다
네요."

"저야 대환영이죠."

"요리의 새로운 세계를 알게 해 줘서 고마워요, 셰프."

소피아의 작별 인사는 이마의 키스였다.

"오픈식 때는 못 올 것 같아요. 마침 뉴욕 비즈니스랑 겹치는
시기라……."

페드로도 아쉬운 표정이었다.

"언제든 편할 때 들러 주세요."

"마음 같아서야 여기서 살고 싶지요. 돌아서면 또 셰프의 요리가 그리울 겁니다."

페드로가 솥뚜껑 같은 손을 내밀었다. 투자의 세계에서는 야수의 포식자 같은 페드로. 윤기 앞에서는 여전히 젠틀맨의 정석을 달리고 있었다.

"기내 식사, 내 선물이에요."

뒷좌석의 바바라에게 요리 상자를 안겨 주자 단체 비명이 터졌다.

"고마워요, 셰프."

세 아가씨가 합창을 한다.

페드로의 차가 멀어졌다.

'고맙습니다. 기대에 어긋나지 않게, 최고의 미식 호텔로 키워 가겠습니다.'

뜨거운 각오를 차와 함께 태워 보냈다.

"파이팅."

"셰프님 파이팅이에요."

윤기가 옷을 갈아입자 경모와 창혁 등이 응원을 보냈다. 장태산을 퇴근시킨 후였다. 디너에 남은 스테이크는 28개. 그 정도면 에르베가 맡아 줄 만했다.

"셰프님, 아자."

복도의 주희도 힘을 보태 준다.

"응?"

원격 시동을 걸 때였다. 차 앞에 낯익은 사람이 있었다.

"화요 씨."

"셰프님."

화요가 다가왔다. 윤기를 기다리고 있었던 모양이었다.

"나 기다린 거예요?"

"중간 보고 하러 왔는데 주방에 갔더니 너무 바빠 보여서요."

"언제 왔는데요?"

"한 시간 좀 넘었어요."

"그런데 왜 말을 안 했어요?"

"오늘 녹화 스케줄 있는 날 맞죠? 저 때문에 시간 뺏기면 안될 거 같아서요."

"아, 진짜……."

"대신 제가 왕복 픽업할게요. 보고도 차 안에서 하고요."

"픽업까지요?"

"제 원천기술 보유자시잖아요? 그런 대우 받을 자격 있어요."

"그냥 제 차 타세요. 픽업은 제가, 아니면 저 그냥 갑니다."

"그럼 고맙죠."

화요가 냉큼 조수석 문을 열었다.

"저 여자 또 왔네?"

퇴근길의 이리나가 경계의 날을 세웠다.

"셰프님이랑 사업 벌인다잖아요."

"사업은 무슨, 송 셰프님 꼬시려는 거지."

"네?"

"척 보면 몰라? 나는 견적 나오는데."

"팀장님……."

"아유, 다들 쓸 만한 남자 알아보는 눈은 있어서."

이리나가 주희를 쏘아보았다.

"나, 나는 아니에요."

"진짜?"

"그럼요. 제 주제에 무슨……."

"그럼 다행이고."

이리나가 자기 차에 올랐다.

주희도 도로로 나왔다. 이리나의 차와 윤기의 차가 신호를 기다린다.

"셰프님, 메이크업 잘해 달라고 하세요."

이리나는 기어이 관심을 끌며 우회전을 한다.

'송 셰프님?'

주희 얼굴이 붉어진다. 좋아하는 건 사실이었다. 대박 반전을 쓴 그 스토리가 좋았다. 그럼에도 거만하지 않아서 더 좋았다. 그 것뿐이다. 엄청난 요리 대회를 휩쓸었고, 엄청난 사람들을 휘어잡고 있다. 마침내는 호텔 인수까지.

그 열정이 주희에게 옮겨 왔다. 주희의 용기를 자극했다. 덕분에 주력해 온 외국어 공부. 귀가 트이고 입이 열렸다.

주희는 그것으로 만족했다. 윤기의 관심을 받는 것으로.

"오빠."

방송국 스튜디오 앞에서 수아가 소리쳤다. 그대로 달려와 윤기 품에 안긴다.

"나 안아 들 수 있어?"

윤기의 장난기가 발동을 했다.

"수아가 할 수 있어."

수아의 로봇 팔에 힘이 들어간다. 윤기가 움직인다. 거짓말처럼 두 발이 들렸다.

"진짜네?"

"그럼. 나 힘 엄청 세."

수아가 주먹을 쥐어 보였다.

"송 셰프님."

이상백이 다가왔다. 담당 피디와 함께였다. 인사를 나누고 대기실로 들어갔다. 거기 수아의 어머니가 있었다.

"엄마, 윤기 오빠 왔어."

수아가 달려가 어머니를 잡아당겼다.

"안녕하세요?"

윤기가 먼저 인사를 했다.

"바쁘신 분이니 바로 시작할까요?"

피디가 말했다. 녹화 설명은 간단했다. 주제는 성자의 셰프와 천사의 팔. 윤기와 수아가 LGY 스테이크를 만들며 사연을 짚어 가는 내용이었다. 쿨리비악도 선을 보인다. 훈훈한 감동의 주제 속에서 자연스럽게 윤기를 부각시키려는 것이다.

영화나 드라마의 배우, 가수들은 신곡이 나올 무렵이면 홍보성 찬조 출연 하는 게 루틴이다. 이제는 셰프의 인기도 빅 스타에 못지않다. 그러니 못 할 것도 없었다. 게다가 황금보스키상에 빛나는 개가. 수아의 사연과 맞물려 놓으면 시청자를 사로잡을 이슈가 될 수 있었다.

특별 출연으로 김혜주가 나온다. 그녀의 어머니가 매개체이기 때문이다. 김혜주는 녹화 중간에 도착하기로 되어 있었다.

"리허설 한번 하고 바로 시작할까요?"

녹화 준비가 끝나자 피디가 사인을 보내 왔다.

"오빠, 나 셰프 같아?"

조리복으로 갈아입은 수아가 물었다.

"오, 나보다 더 멋진 셰프 같은데?"

"진짜? 그럼 나 가수 하지 말고 셰프 할까?"

"안 돼."

"왜?"

"수아가 셰프 하면 내 인기가 떨어질 것 같아서."

"아니야. 나는 2등만 해도 돼. 1등은 오빠 거야."

수아가 큰 인심을 썼다.

"큐 들어갑니다."

리허설은 두 번으로 끝냈다. 간단한 복기였으니 별문제는 없었다. 스테이크에 쓸 고기는 윤기가 준비해 왔고 쿨리비악 재료는 주문대로 갖춰져 있었다.

"큐."

피디의 사인과 함께 녹화가 시작되었다. 카메라 앞에서도 윤기는 노련했다. 안드레아의 경험 덕분이었다. 수아도 그랬다. 역시 당찬 데가 있었다.

스튜디오의 조리대에서 스테이크를 구웠다. 스태프와 고정 출연진을 위해 넉넉히 진공 포장육을 준비한 윤기였다.

성자의 셰프가 재현되었다. 깨끗이 발을 씻은 수아. 스테이크를 한 점 찍어 윤기에게 내밀었다. 그걸 받아먹으려는 순간 수아의 발이 로봇 팔로 대체가 되었다.

"성자의 셰프의 기적, 수아에게 두 팔이 생겼습니다."

진행자의 멘트가 폭발한다.

"하느님."

출연진들이 숙연해진다. 눈물을 흘리는 연예인? 당연히 있었다.

초대 손님 김혜주가 입장했다.

"송 셰프는 내 인생에 최고의 감동을 준 사람이에요. 우리 어머니의 소원을 들어주고, 그 소원으로 수아의 소원도 들어주었잖아요? 그래서 내 동생으로 삼아 버렸어요. 송 셰프와 수아까지."

그녀의 자백(?)이 나왔다. 모두가 박수로 세 사람을 환영했다.

다음으로 황금보스키상 이야기가 이어졌다. 싱가포르 대회의 요리 이야기와 방콕대첩의 이야기들. 극적으로 합류한 종신 심사 위원 추천 셰프였기에 할 말이 더 많았다.

"이제 바로 그 요리로 갑니다. 보스키 도르 사상 최초의 100점 만점 요리, 세계의 전문가들을 홀린 포근하고 자애로운 쿨리비악."

진행자의 목소리가 높아졌다.

수아가 보조를 한다. 메밀을 건네주고, 시금치를 건네주고, 보통 사람에게는 평범하지도 못할 일이지만 수아에게는 달랐다. 그녀의 팔이 로봇 팔이기 때문이었다. 덕분에 더 관심을 받는다. 그렇게 만든 쿨리비악 세 개. 수아의 손으로 식용 카네이션을 올림으로써 플레이팅까지 끝났다.

짝짝.

출연자들이 기립 박수를 보냈다. 윤기의 쾌거에 더불어 인간적인 매력, 요리 능력에 보내는 성원이었다.

"보이십니까? 이게 바로 황금보스키상에 빛나는 쿨리비악입니다."

반으로 갈라 놓은 쿨리비악 앞에서 진행자가 몸살을 앓았다.

"먹고 싶어."

"제발……."

출연진들의 애가 타들어 간다.

"미안하지만 이게 모성의 마음을 모으고 모은 정수라잖아요? 그러니 우리 수아가 어머니에게 시식을 시켜 드리는 게 우선입니다."

진행자가 말하자 수아가 쿨리비악 한 덩어리를 집었다. 어머니를 돌아본 수아, 어머니가 아니라 윤기의 입으로 가져갔다.

"아, 보조 셰프 수아 님의 선택은 어머니가 아니고 송 셰프님인가요?"

진행자가 물었다. 예정에 없던 일이기 때문이었다.

"저를 낳아 준 건 엄마지만 저를 완성시킨 건 송 셰프님이세요. 송 셰프님이 아니면 저는 이 팔을 달지 못했을 테니까요."

수아의 답이었다. 모두가 숙연해하는 동안 윤기가 그 수저를 받아 들었다. 그런 다음 조리대를 내려가 수아의 어머니에게 먹여 주었다.

"셰프님."

"저는 향을 먹었거든요. 그러니 같이 먹는 거예요."

윤기의 설명이었다. 수아 어머니는 눈물과 함께 쿨리비악을 받아먹었다.

"와아아."

출연진들이 야단법석을 떨었다. 각본 없이 일어난 감동이었다.

제8장

一

지미무미 — 최고의 맛은 무미無味 I

ㄴ찐 감동

ㄴ성자의 셰프 홍해라.

ㄴ요리보다 훌륭한 인성 장착자

ㄴ저러니 요리도 잘하는구낫

ㄴ돈쭐나세요, 송 셰프

ㄴ나 오늘부터 송 셰프 진짠 팬

ㄴ이거 실화냐?

실화다.

더 놀라운 건 녹화방송의 시청률이었다. 성자의 셰프는 여먹
4총사의 시청률 기록까지 갈아 치웠다.

#송 셰프 #황금보스키상 #성자의 셰프 #리폼 호텔 #수아 #쿨리비악

수많은 해시 태그들이 퍼져 나갔다.

윤기는 하늘 위에 있었다. 쉐쓰총의 요청으로 상하이 출장 요리를 가는 길이었다. 내부 수리는 차질 없이 진행 중이었다. 스테이크 테스트도 끝났다.

녹화 다음 날 벌어진 스테이크 겨루기는 정말 볼 만했다. 추가된 인원은 진규태였다. 허심탄회하게 요청하니 말리지 않았다. 누구든 상관없었다. 열정을 가진 사람이 많다는 건 리폼에게도 바람직한 일이었다.

진공상태부터 숯불 관리까지.

모든 과정을 포함 시켰다. 주어진 시간은 2시간. 컴파운드 소스를 만들어야 했으니 그 정도는 필요했다.

진 팀장, 경모, 명규, 창혁.

네 사람이 달렸다. 요리 조건은 윤기의 것과 똑같았다. 그러나 달랐다. 숯불부터 그랬다. 화력 조절이 쉽지 않았다. 결을 따라 굽는 것도 그랬다. 각도가 조금만 빗나가도 육즙 소실. 시어링 과정부터 숨을 쉬지 못하는 네 사람이었다.

"대박."

에르베가 아주 적절한 한국어 감탄사를 토했다.

가장 진지한 사람은 진규태였다. 어떻게 보면 가장 유리한 사람이었고, 또 어떻게 보면 가장 불리한 사람. 전자의 이유는 요리 연륜 때문이었고 후자는 그가 리폼 팀이 아니기 때문이었다.

경모의 솜씨가 돋보였다. 여친을 사귄 이후로 더 집중하고 있는 경모. 그는 거의 윤기를 복제하고 있었다. 가만 보니 손동작과 타이밍까지 그랬다.

창혁도 만만치 않았다. 네 사람 중에는 가장 초보에 속하지만 레시피를 응용할 줄 알았다. 불이 뜨거우면 스테이크를 살짝 흔들고 불이 움직이면 따라 움직였다.

명규도 나쁜 건 아니었다. 하지만 불을 다스리는 감각이 부족했다. 명규는 아무래도 불의 마법사는 아니었다.

"……!"

결국 스테이크를 뒤집다가 화들짝 놀란다. 모서리가 탔다. 윤기는 눈길을 피했다. 수습할 시간을 준 것이다.

"끝났습니다."

1착은 경모였다. 시작과 끝나는 시간까지도 윤기와 같았다. 오랜 연습을 한 게 틀림없었다.

"나도 끝."

진규태도 플레이팅을 끝냈다.

"저도 끝났습니다."

창혁이 세 번째.

"저도요."

명규가 마지막을 장식했다.

겉보기에는 경모가 우수했다. 그러나 핑크센터와 육즙은 창혁의 것이 나았다. 뜻밖에도, 진규태의 것은 이 둘을 다 갖추고 있었다. 윤기가 바라보자 머쓱하게 웃는다. 은서의 힘이다. 윤기는 알 것 같았다. 은서가 건강해진 날 이후로 진규태는 다른 삶을 살고 있었다.

"경모 선배."

윤기가 경모를 호명했다.

"……."

"스테이크의 책임을 맡깁니다. 다시 오픈하면 리폼의 팀장을 맡아 주세요."

"정말?"

경모의 눈빛이 튀었다. 팀장까지는 생각지 못한 모양이었다.

"그리고 창혁아."

"네. 셰프."

"너도 스테이크 요리와 함께 팀장 자격을 주겠다."

"와악."

창혁은 아예 주저앉아 버렸다.

"명규."

"네."

"너는 스테이크 쪽은 아니야. 하지만 가니튀르에 강하니 그쪽 팀장을 맡는다."

"셰프님……."

"왜? 팀장 하기 싫어?"

윤기가 세 사람을 돌아보았다.

"그게 아니라……."

셋은 어안이 벙벙이었다. 셋 다 팀장을 하라니?

"요즘 그게 대세잖아? 병원을 가면 이 사람도 원장, 저 사람도 원장… 책임감도 생기고 좋지 않아? 나는 그렇게 주방을 운영하고 싶은데?"

"셰프님……."

"팀장 이름은 무거운 거야. 하지만 그동안 다 같이 치열하게 노력했고, 실력도 어느 정도 갖췄으니 그 정도는 감당할 수 있다고 생각해. 그래, 안 그래."

"열심히 할게."

"더 열심히 하겠습니다."

경모와 명규, 창혁이 합창을 한다.

"그리고 진 팀장님."

"아, 나는 괜찮아. 리폼 팀도 아니었고……."

"맞습니다. 그래서 제외시켰습니다."

"좋은 평가 받은 것만으로도 만족해. 은서가 좋아할 거야."

"은서에게 결과를 전할 건가요?"

"그럼. 은서에게는 거짓말하면 안 돼."

"그렇다면 이 말도 전해 주세요."

"응?"

"새 오픈식 때부터 팀장이 아니라 조리부장이 된다고요."

"조리부장?"

진규태가 얼어붙었다.

"리폼 호텔의 주방 한 축을 이끌어 가 주세요. 축하합니다. 조리부장님."

"송 셰프……."

"이상입니다. 늦었으니 빨리 치우고 돌아가세요."

"으아악, 송 셰프……."

돌아서는 윤기를 진규태가 뒤에서 끌어안았다.

진규태의 포효는 오래가지 못했다. 윤기에게 걸려 온 국제전화 때문이었다.

"정말입니까?"

윤기가 소스라쳤다. 그 소리에 놀란 팀원들이 돌아보았다.

"송 셰프."

진규태 눈이 휘둥그레졌다.

"아, 아무것도 아닙니다. 좋은 소식이에요."

"그래?"

윤기가 숨을 골랐다. 베르나르 기자의 전화였다. 윤기가 원하던 낭보를 전해 왔다. 회상은 거기까지만 했다.

비행기는 홍차오 공항에 착륙했다. 타는 곳도 인천이 아니라 김포였다. 쉐쓰총의 저택이 홍차오에서 가깝기 때문이었다. 원래는 여기가 상하이의 관문이었다. 불과 20년 전의 일이었다.

"송 셰프님."

뜻밖에도 쉐궈민이 직접 영접을 나왔다. 운전기사도 없었다.

"타시죠."

차는 공항 앞에 대기되어 있었다. 쉐궈민이 문까지 열어 주었다.

"총경리께서 직접 나올 줄은 몰랐습니다."

뒷좌석의 윤기가 중국어를 시작했다.

"할머니의 식사를 위해 오시는 귀인입니다. 손자가 안 나오면 누가 나오겠습니까?"

"사업은 잘되시나요?"

"덕분에요. 지난번에 먹은 송아지 간 요리가 복을 부르는 요리였던 모양입니다."

"다행이군요."

"그다음 날, 제가 얼마를 땄는지 아십니까? 무려 60만 불을 쓸었어요."

"……."

"죄송합니다. 셰프님은 카지노 좋아하지 않지요?"

"……."

대답하지 않았다. 셰프와 카지노? 어울리지 않는다. 그러나 전생들은 다 경험이 있었다. 역아의 시대에도 도박은 있었고 안드레아는 더욱 그랬다.

안드레아의 카지노 체험은 정킷 비즈니스 고객들의 선심이었다. 그들의 요리를 위해 출장을 가면 칩을 선물로 받는 경우가 많았다.

"재미로 놀아 보세요."

기대에 부응해 주었다. 최고의 셰프 체면에 현금화하는 것도 우습기 때문이었다. 한 번은 잭팟을 터뜨린 적도 있었다. 그때 알았다. 왜 도박꾼들이 도박에 열광하는지. 바로 그 맛 때문이었다.

"할머님 생신이 내일이죠?"

윤기가 화제를 돌렸다.

"예."

"손님들이 옵니까?"

"아닙니다. 셰프께서는 할머니 요리에 더해 우리 가족 요리만 해 주시면 됩니다."

"할머니는 집에 계시나요?"

"그렇습니다."

멀리 동방명주탑이 보이기 시작했다. 차는 거기서 좌회전을 받으며 돌았다. 멀지 않은 곳에 쉐 회장의 저택이 보였다.

정원은 광활(?)했다. 중국에서 잘나가는 사업가의 배포가 실감이 났다. 리폼 호텔의 정원과 산책로보다도 넓고 길었다.

수영장이 펼쳐지는 분수대 앞에 쉐 회장과 장 여사가 보였다.

"송 셰프십니다."

차에서 내린 쉐궈민이 윤기를 소개했다.

"어서 오세요."

"오랜만이네요."

쉐 회장과 장 여사가 윤기를 반겼다. 쉐 회장의 체취는 담백함과 새콤함, 달달하고 매운 향까지 고루 섞였다. 활기찬 사람다웠다.

"장 여사님 말이 요리에 놀라고 사람에 놀랄 거라더니 과연 그렇군요. 이렇게 약관일 줄 몰랐습니다."

쉐쓰총의 덕담이었다.

"황금보스키상 다시 한번 축하드려요."

장 여사의 축하가 이어진다.

"감사합니다."

"들어갑시다. 먼 곳에서 오신 손님이니……."

쉐 회장이 현관을 가리켰다. 그 앞에 도열한 저택 관리인들이 윤기를 향해 고개를 숙였다.

차를 마셨다. 용정차였다. 차라면 역아가 빠지지 않는다. 그때는 주로 약으로 썼지만 중국에서 나는 거의 모든 차를 섭렵하고 있었다.

[큰 바람은 소리가 없다.]

벽에 걸린 가훈이었다.

큰 꿈을 꾸는 사람다운 말이었다.

"한국은 참으로 불가사의합니다. 나라는 작은데 큰 인물이 많아요. 셰프도 그렇지 않습니까? 중국을 대표하는 단문창 셰프조차도 극찬하는 사람이니."

쉐 회장의 덕담이 이어졌다.

"과찬이십니다. 요리란 각자의 결이 있으니 누군가에겐 단 셰프님의 요리가 진미가 됩니다."

"공감이 가는 말이군요. 우리는 그걸 인연이라고 하지요."

"……"

"처음에는 대수롭게 듣지 않았습니다. 그런데 우리 아들이 체험하고 왔으니 어찌 부정하겠습니까?"

"그 또한 인연이 되겠군요?"

"호텔을 인수해서 미식 호텔로 바꾼다고요?"

"요리 중심의 힐링, 맛나게 먹고 편안하게 쉬면서 재충전하는 여가 식문화를 만들어 볼 생각입니다."

"혁신이군요."

"감사합니다."

"우리 중국의 대기업들이 세계 각지에 포상 관광을 보내는 것 알고 있지요?"

"네."

"옵션은 아니지만 우리 어머니 요리만 성공시켜 주세요. 내가 우리 신농기업집단은 물론 연관 기업 임직원들에게 강제 명령을 발동해서라도 셰프의 호텔과 휴양 MOU를 맺도록 하겠습니다."

시원한 베팅이 나왔다.

"회장님도 평룽유에 여사님 모시고 한 번 가셔야죠."

장 여사가 추임새를 넣었다.

"평룽유에… 어머님 이름이 아름답군요."

윤기가 웃었다.

"중국어를 잘하시니 우리 어머님 이름의 의미도 아시는군요?"

쉐 회장이 물었다.

"룽유에라면 이화원 용달, 버들가지 옅은 바람이라는 시에서 온 것 아닙니까?"

"오."

쉐 회장이 혀를 내두른다. 이화원은 역아의 시대에 있지 않았다. 그러나 안드레아가 알았다. 역아의 전생을 받은 그가 중국 문화와 요리를 따로 공부했던 것.

"요리 실력에 중국 문화에 대한 품격까지… 이거야 원."

쉐 회장의 표정이 더 밝아졌다.

"MOU 제의보다 요리사의 사명으로 최선을 다해 보겠습니다."

일단 갈무리를 했다. MOU는 요긴하지만 거기에 얽매인다는 인상을 줄 생각은 없었다.

"할머니를 좀 뵐 수 있을까요?"

윤기가 쉐궈민을 바라보았다.

"그러시겠습니까?"

쉐귀민이 일어섰다.

"할머니, 한국에서 유명하신 셰프께서 오셨습니다."

문이 열렸다. 침대가 보인다. 옆에는 의사가 있었다. 팔에는 링거를 달고 있다. 그러나 벽을 향해 돌아누웠고 가슴까지 담요가 올라갔다.

"잠이 드셨습니다."

의사의 말이었다.

"할머니의 일과가 이렇습니다."

쉐귀민의 설명이었다. 얼굴을 보니 생기가 없었다. 길어야 몇 달… 이 사람도 올해의 생일이 마지막이 될 것 같았다.

체취를 맡는 건 쉽지 않았다. 오랜 병환의 냄새에 더불어 방 안 가득한 약 냄새가 방해를 하고 있었다. 침대 앞에서 조금 더 집중했지만 다시 실패했다.

"할머니께서 식사를 하지 않은 지 얼마나 되셨나요?"

"오래되었습니다. 거의 2년이 넘었죠? 간간이 죽과 별미를 시도하기는 했지만 컨디션 좋은 날 몇 수저 드시는 정도였어요."

쉐귀민이 답했다.

그 기간 동안 할머니의 몸에 들어간 건 특별한 수액들이었다. 음식에 의한 신진대사가 아니니 오미의 체취가 희미해진 것도 무리가 아니었다.

"생선을 좋아하신다고요?"

"할머니가 원래 해변 출신이세요. 그때는 집안이 넉넉지 못해서 상어처럼 크고 허접한 생선들을 많이 먹으며 자랐다더군요. 오래전 건강하실 때도 큰 생선 덩어리를 많이 사 오시곤

하셨어요. 우린 별로였지만……."

큰 생선이라면 상어와 고래, 참치 등이 꼽힌다.

그 냄새를 소환하며 한 번 더 집중했다.

상어 향…….

미세하게 느껴진다. 그 사이로 다른 냄새도 아련하다.

'소변 냄새?'

체취 탐색은 그것으로 끝냈다. 침대 생활을 하는 연로한 환자. 소변 냄새가 나는 게 이상할 것도 없었다.

"그래서 상어고기와 고래고기도 준비를 해 두었습니다. 다른 셰프들도 이런 얘기 들으면 그 고기를 준비해 달라고 하더라고요."

"식재료를 좀 볼까요?"

"그러시죠."

쉐꿔민이 앞장을 섰다.

놀랍게도 셰프를 위한 주방이 따로 있었다.

"우리가 가끔 귀빈들을 접대하다 보니요, 단문창 셰프님 조언을 받아 만들었습니다."

쉐꿔민의 설명이었다. 흠잡을 데가 없었다. 대가 셰프의 머리에서 나왔으니 동선이 맞춤했다.

"살펴보세요. 다른 게 필요하면 뭐든 말씀하시고요."

쉐꿔민이 냉장고를 가리켰다. 유리문으로 된 냉장고는 안이 훤하게 보였다. 크레이피시를 시작으로 고래 고기까지. 해삼의 내장은 물론 캐비어도 그득. 한쪽에는 해마도 보였으니 정말이지 없는 게 없었다.

그 옆 탁자에 옥수수가 보였다. 문득 드는 생각이 있었다.

"혹시 할머니께서 옥수수도 좋아하셨나요?"

"아뇨."

아니라고?

윤기는 집었던 옥수수를 내려놓았다.

"알겠습니다. 먼저 나가 계시죠. 저는 구상 좀 하고 나가겠습니다."

"그러세요. 호텔은 가까운 곳에 준비해 두었으니 언제든 가서 쉬시면 됩니다."

쉐궈민이 자리를 비켜 주었다.

쉐쓰총의 모친 펑롱유에 여사.

단문창을 비롯해 수많은 셰프들이 다녀갔다. 모조리 실패했다. 타국의 윤기까지 불러들였으니 이지용의 경우와 판박이였다.

곡기는 거의 끊긴 상태.

게다가 체취까지도 거의 절멸.

사실은 막막했다.

펑 여사의 체취에 걸맞은 식료재가 없는 것이다.

상어고기를 바라본다.

인간은 수구초심이다. 맛도 그 법칙에 따른다. 나이가 들면 어릴 때 먹던 맛이 그립다. 그런 맛이라면 조금 무리를 해서라도 먹을 수 있다. 본능이 식욕을 허락하기 때문이었다.

상어고기로 갈까 싶지만 펑 여사의 체취와는 살짝 다른 느낌이었다.

다시 쉐궈민의 말을 분석했다.

[상어고기처럼 큰 생선들]
[넉넉지 못한 집안]
[우린 별로였지만]

몇 가지가 마음에 걸렸다. '처럼', '큰', '넉넉지 못한', '우린 별로' 등의 단어였다. 상어를 제치고 더 싼 고기를 탐색했다. 그러면서 맛이 없는 큰 생선은?

'응?'

윤기 머리에 등대가 켜졌다. 서둘러 냉장고 문을 열었다. 해마 옆에 놓인 커다란 덩어리였다. 하얗게 토막 난 그것. 보기에는 두부 아니면 청포묵 같지만 그 또한 상어처럼 큰 생선. 바로 거대 어류 개복치의 살이었다. 요놈, 거의 무미(無味)에 가까운 맛이다.

꺼내 보니 상어 냄새와 유사하다. 몹시 희미하지만 닮았다. 상어 향이 아련하게 느껴진 이유. 펑 여사의 체취는 상어가 아니라 개복치 쪽이었다. 개복치도 상어 냄새와 유사하다.

'빙고.'

윤기 입가에 미소가 스쳐 갔다.

『요리의 악마』 6권에 계속…